Fabiano Moraes

Nasci em 1922,
ano da semana de arte moderna

Ilustrações de
Luciano Tasso

© Editora do Brasil S.A., 2021
Todos os direitos reservados

Texto © Fabiano Moraes
Ilustrações © Luciano Tasso

Direção-geral: Vicente Tortamano Avanso

Direção editorial: Felipe Ramos Poletti
Gerência editorial: Gilsandro Vieira Sales
Edição: Paulo Fuzinelli
Assistência editorial: Aline Sá Martins
Apoio editorial: Maria Carolina Rodrigues
Supervisão de artes: Andrea Melo
Design gráfico: Luyse Costa/Obá Editorial
Edição de arte: Daniela Capezzuti
Editoração eletrônica: Ariane Azevedo/Obá Editorial
Supervisão de revisão: Dora Helena Feres
Revisão: Sylmara Beletti e Flávia Gonçalves
Supervisão de iconografia: Léo Burgos
Pesquisa iconográfica: Priscila Ferraz
Supervisão de controle de processos editoriais: Roseli Said

Dados Internacionais de Catalogação na Publicação (CIP)
(Câmara Brasileira do Livro, SP, Brasil)

Moraes, Fabiano
  Nasci em 1922, ano da semana de arte moderna / Fabiano Moraes ; ilustrações de Luciano Tasso. -- 1. ed. -- São Paulo : Editora do Brasil, 2021. -- (Histórias da história)

  ISBN 978-65-5817-720-3

  1. Arte moderna - Brasil - Literatura infantojuvenil 2. Arte moderna - História - Literatura infantojuvenil 3. Literatura infantojuvenil I. Tasso, Luciano. II. Título. III. Série.

21-72239   CDD-028.5

Índices para catálogo sistemático:
1. Arte moderna : Literatura infantil 028.5
2. Arte moderna : Literatura infantojuvenil 028.5
Cibele Maria Dias - Bibliotecária - CRB-8/9427

1ª edição / 3ª impressão, 2024
Impresso na HRosa Gráfica e Editora

Avenida das Nações Unidas, 12901
Torre Oeste, 20º andar
São Paulo, SP – CEP: 04578-910
www.editoradobrasil.com.br

*Dedico este livro a minha querida tia-avó Nilza Couto,
nascida em 1922, ano da Semana de Arte Moderna.*

PREFÁCIO

    Nas minhas leituras literárias e acadêmicas, conheci Manuela, a máquina de escrever de Mário de Andrade. Como eu sempre me impressionei com essas coisas chamadas máquinas, quis saber mais de sua história. Fui pesquisar e descobri que ela compunha o acervo de Mário de Andrade e que era, de fato, uma máquina moderna, das mais avançadas de sua época – a mesma época da Semana de Arte Moderna.

Mas veja que curioso: ela e outras tantas coisas do seu tempo, que nasceram modernas, atualmente são consideradas antigas. Isso indica que, do mesmo modo que as invenções daquela época (aviões, carros, rádio, cinema, fotografia, raios X, zíper e máquina de escrever) são vistas hoje como antigas, os inventos dos tempos mais recentes (*drones*, celulares, computadores, cinema 3-D, raio *laser, pen drive, wi-fi* e *touch screen*) um dia também serão chamados de antiquados. Por que, então, a Semana de Arte Moderna continua a ser chamada de moderna?

Fiquei imaginando que, se Manuela falasse, teria muito a nos dizer sobre isso. Afinal, ela esteve presente por anos na vida de Mário de Andrade. Com ele, escreveu artigos, cartas e textos literários, participou do movimento antropofágico e deve ter escutado muitas histórias sobre o Grupo dos Cinco e a Semana de Arte Moderna.

De tanto matutar (ou banzar, como diria Mário de Andrade) sobre o tema, resolvi contar a vida de Manuela, criando um livro narrado por ela. É por isso que, embora muitas coisas aqui relatadas tenham sido reais, fato acontecido, comprovado, histórico e científico, merecendo aval dos grandes pesquisadores do assunto, uma parte desta narrativa é composta de recriações e reinvenções.

É que neste livro Manuela narra cem anos de histórias por ela vividas, escritas, escutadas e lembradas. E todos nós sabemos que, depois de tanto tempo de vida, cada conto recordado e recontado acaba recebendo novos pontos e arremates. "Quem conta um conto aumenta um ponto", não é como diz o ditado? Assim fez Manuela ao narrar esta obra.

Em outras palavras, este livro apresenta a versão e o ponto de vista da máquina de escrever de Mário de Andrade, com informações fundamentadas em registros históricos, fotografias, obras de arte, pesquisas, textos literários e cartas. Mas também com elementos ficcionais, mitológicos, culturais e literários que ela tão bem aprendeu a utilizar com Mário. Nesta obra, história e fabulação se misturam, acredite.

Por exemplo, alguns trechos de cartas escritas por Mário de Andrade e Manuel Bandeira, aqui mencionadas por Manuela, são paráfrases de citações reais. Por outro lado, numa de suas reinvenções ficcionais, ela afirma ter ido a Araraquara com o autor e participado da primeira escrita do romance *Macunaíma*, embora os estudiosos do assunto possam dizer que não foi bem assim.

Mesclando realidade e ficção, este livro é uma homenagem a Mário de Andrade e uma celebração do centenário da Semana de 22, e, é claro, dos cem anos da aniversariante Manuela.

Por reunir tantos elementos históricos, artísticos e literários, ele permite leituras em diálogo com os componentes curriculares História, Arte e Língua Portuguesa. E até com Geografia e Ciências. Também favorece uma abordagem consistente e ao mesmo tempo leve do movimento modernista no Brasil, da vida de Mário de Andrade e da Semana de Arte Moderna, evento que mudou o jeito de fazer arte no país e transformou a visão do mundo sobre a arte brasileira.

"Vamos à história!"[1]

SUMÁRIO

1. **Muito prazer** — **10**

2. **Rumo à Pauliceia Desvairada** — **12**

3. **Na vitrine** — **19**

4. **Escolhas** — **24**

5. Pode crer, velho! 31

6. Nosso primeiro poema 34

7. Batizada 42

8. Música, maestro! 49

9. Nunca fomos tão modernos 55

10. O terremoto que durou quase uma semana 61

11. Tremores e abalos em detalhes 66

12. Macunaíma e a reinvenção do Brasil 72

13. O Grupo dos Cinco 80

14. *Tupy or not tupy* 86

15. Na cidade maravilhosa 90

16. Foi assim 97

Posfácio 103

A semana que marcou o século 106

[1]

MUITO PRAZER

Muito prazer, meu nome é Manuela. Nasci em 1922, ano da Semana de Arte Moderna.

Você pode achar estranho, mas vivo numa espécie de museu itinerante, sabe? Na verdade, moro em um acervo pessoal, que é como uma coleção de coisas que pertenceram a uma única pessoa. E minha vida é mais ou menos assim: eu costumo passar a maior parte do tempo no mesmo lugar, ▸

mas às vezes vou para exposições em lugares diferentes. Por isso costumo dizer que moro em um museu itinerante.

Tem muita gente que quando escuta a palavra "museu" pensa logo num lugar cheio de coisas antigas. Posso garantir que no museu itinerante em que moro só existem coisas modernas. Mesmo assim, tenho certeza de que só de me ver você vai dizer na mesma hora que sou antiga.

Não preciso e nem quero fazer suspense para me apresentar. Sou uma máquina de escrever. Uma máquina de escrever modelo Remington 12.

Meu nome é Manuela. Encantada!

[2]

RUMO À PAULICEIA DESVAIRADA

Quando eu disse que no museu itinerante em que moro só tem coisas modernas, eu estava querendo dizer que sou moderna.

Na época em que fui fabricada – prefiro dizer "na época em que nasci" –, todo escritor sonhava ter uma máquina de escrever moderna e silenciosa como eu. ▸

Nasci em uma fábrica, mesmo lugar em que a maioria das coisas modernas nasce. E, é claro, precisei passar pelo controle de qualidade para ver se estava tudo certo comigo. Os humanos, ao nascerem, também costumam passar por vários exames, antes mesmo de saírem do hospital.

Comigo as coisas aconteceram mais ou menos como aconteceram com você, mas para a sua sorte você não se lembra dos exames que fez logo após o nascimento. Mas eu me lembro. Foi um tal de puxa daqui, aperta dali, gira, vira, sacode, bate, vai e... Fui... Enfim, eu estava pronta para ser destinada ao estoque da fábrica e esperar pacientemente pelo momento em que me mudaria para uma loja.

Nasci em Nova York, na fábrica da Remington, e de lá eu poderia ter ido para qualquer outro país do mundo, mas fui mandada justamente para o Brasil. Fiquei um bom tempo nos depósitos da fábrica, depois fui levada para o porto e cheguei ao Brasil de navio.

Claro que senti medo. Aliás, se a maresia já me faz tremerem as teclas, um naufrágio seria a morte mais terrível de todas. Você faz ideia do quanto a água e o sal podem me fazer mal? Sou praticamente toda feita de metal, e basta um pouco de maresia para me causar ferrugem, o que para nós, seres de metal, é uma das piores doenças. Se não a mais temível e fatal.

É fato que quando escutei os carregadores e os marinheiros do porto falarem que o navio viria para o Brasil e descreverem os principais portos do país, fiquei toda empolgada. A maioria das histórias era sobre o Rio de Janeiro, capital do Brasil na época. Pensei: "Quero conhecer essa cidade. Morar, não sei se desejo, pois a maresia pode me enferrujar. Mas, não posso negar, viver um tempo no Rio seria maravilhoso".

Não preciso nem dizer que, apesar de escutar tudo a minha volta, não pude ver nada. Eu estava encaixotada. Imagine só: encaixotada e viajando em um navio. Ao chegar ao Brasil, aprendi de pronto um novo idioma; afinal, fui feita para escrever em qualquer língua que use o nosso alfabeto. Chegando ao Porto de Santos, juro que imaginei que eu já estava no meu destino, mas só então descobri que a minha viagem seria ainda mais longa.

E tome caminhão. Curvas, retas, curvas, retas, subidas, leves descidas, subidas, curvas, curvas, curvas, retas, subidas, curvas, subidas, retas, curvas... Volta e meia, uma máquina encaixotada conversava com outra em maquinês – a língua das máquinas – tentando entender para onde estávamos indo:

– QWERTY, aqui teclando Remington 12, número de série LV31154.

– ASDFGH, aqui tecla Remington 12, número de série LV31283. Alguém já descobriu qual é o nosso destino?

– LV31283, a LV31423 escutou o motorista falando com o carregador sobre a cidade de São Paulo. Acho que estamos indo para lá.

De fato, já estávamos quase chegando a São Paulo, ou, como eu passaria a chamá-la posteriormente, Pauliceia Desvairada. Eu, de minha parte, preferi não participar da conversa. Sempre fui recatada, tímida. Gosto muito mais de escrever do que de falar. A não ser que o assunto me interesse muito. Mas muito mesmo.

Algumas horas depois, o caminhão parou e fomos retiradas, uma a uma, e empilhadas em um carrinho, depois transportadas por alguns metros e colocadas em um depósito. Logo no primeiro dia, escutei duas pessoas conversando:

– Pedro, elas acabaram de chegar. Pegue uma lá no depósito para fazermos um teste. Dizem que são as mais silenciosas do mercado.

– Posso pegar qualquer uma?

– Não. Precisa pegar das caixas que estão junto à parede da entrada. Nos fundos foram colocadas as máquinas que irão direto para as escolas de datilografia.

Escutei os passos se aproximando, depois percebi que a caixa da máquina que estava ao meu lado foi aberta e ela foi levada em direção ao lugar em que aquelas pessoas conversavam. Mais tarde eu viria a descobrir que se tratava de um escritório.

– Olhe só, Pedro. Isso é que é modernidade. Veja este aparador de folhas com o nome da Casa Pratt. Que luxo, meu caro: "Casa Pratt, agentes gerais, Rio de Janeiro e São Paulo". Nossa loja é conhecida até mesmo fora do Brasil, está vendo? Também pudera! Somos agentes da Remington no Brasil, temos escola de datilografia e tudo mais. Agora veja bem, Pedro, escute o que vou dizer. O mundo está mudando tanto que daqui a alguns anos as crianças aprenderão a datilografar antes mesmo de aprenderem a usar caneta-tinteiro e mata-borrão. Mas chega de conversa fiada. Pegue lá uma folha que eu quero escrever nessa coisa linda.

Escutei os passos, o ruído da gaveta da mesa se abrindo e fechando, depois o barulho do rolo puxando a folha, o leve ruído dos ajustes de alinhamento e, enfim, o som suave das teclas enquanto as palavras eram datilografadas em alta velocidade, seguido da sineta e do trac-trac da catraca de rolamento de folha para se continuar a escrever na linha debaixo.

– Não acredito. Dá pra datilografar até de noite sem incomodar os vizinhos, Carlos. Escute, aqui no manual diz que são catorze dispositivos atenuadores de ruído. Catorze, Carlos. Ca-tor-ze. Tecnologia de ponta, meu irmão. Isso é o que eu chamo de máquina de escrever moderna.

– Corra lá, Pedro, coloque esta belezura na sala do chefe. Ele vai explodir de felicidade quando chegar do almoço e encontrar uma Remington 12 sobre a sua mesa. E aí você abre outra caixa para colocar uma máquina novinha desse mesmo modelo em destaque na vitrine. Com direito a cartaz e tudo, viu? E mande preparar o material de publicidade para divulgar nos jornais. É importante que esteja escrito em destaque: "Remington 12: a máquina de escrever silenciosa". O que vai dar de gente querendo essa coisa linda! Até eu queria poder comprar uma dessas, Pedro, até eu. Quem sabe juntando umas economias... Agora corra, vá...

[3]

NA VITRINE

    Minutos depois, a minha caixa foi aberta. Eu fui a máquina escolhida para figurar na vitrine. Um sonho poder ver o movimento, conhecer as pessoas, escutar o que acontecia no mundo. E quem sabe escolher o meu futuro dono. Mas é claro que isso também trazia um grande risco. O de virar mostruário eterno. Ficar sempre à mostra e nunca ser comprada. E até mesmo acabar ▶

sofrendo um arranhão ou uma avaria, com uma pecinha ou outra quebrada por uso indevido de algumas mãos mais abrutalhadas ou de pessoas sem noção, pra, no fim, ser enviada para algum curso de datilografia ou de volta para a fábrica, ou, pior de tudo, virar sucata.

No fundo eu sempre tive os meus sonhos. Claro que no início pensei no quanto seria bom ser encaminhada para a Casa Branca e trabalhar para o presidente do país onde nasci. Quando descobri que viria para o Brasil, quis logo saber onde ficava a sede da Presidência da República. E desejei ir para lá, para o Palácio do Catete, onde àquela época vivia o meu novo presidente.

Em alguns momentos sonhei trabalhar para uma grande empresa ou uma enorme indústria para escrever relatórios de ganhos e de investimentos. Também já quis ir para algum cartório registrar acontecimentos importantes da vida das pessoas. Confesso que até tive vontade de ser máquina de escrever de escola de datilografia. Sei que passaria pelas mãos mais inexperientes, mas sempre achei bonito se prestar a ensinar a quem deseja aprender.

Tudo isso eu quis ser.

Logo que nasci, cheguei mesmo a sonhar ser máquina de algum escritor ou cientista famoso. Mas não há tantos escritores nem cientistas ou pesquisadores, então foi um sonho rápido, daqueles que toda máquina talvez tenha em algum momento de sua vida, mas que passa rápido. Feito o sonho de ser astronauta, sabe? Quase toda criança um dia já sonhou ser astronauta, bailarina, cantor, atriz de cinema, paleontóloga, jogador de futebol... Para muitas delas, é um sonho que depois passa. Com o meu sonho de ser máquina de um escritor ou de um pesquisador, também foi assim. Passou.

Confesso que naquela época cheguei a sonhar parar nas mãos de Charles Chaplin para escrever os seus magníficos roteiros. Ou ser comprada por Albert Einstein e escrever teorias quase incompreensíveis de tão complexas. Mas como eu vim para o Brasil e no início eu pouco sabia dos artistas e dos pesquisadores brasileiros, nem cheguei a pensar em nomes para sonhar nas mãos de quem eu poderia parar. O sonho simplesmente foi se apagando.

E lá estava eu na vitrine, de frente para o passeio. Quando digo passeio, quero dizer calçada – naquela época era assim que costumávamos falar – por onde passavam trabalhadores, estudantes, idosos, crianças, cachorros, famílias, todos com os seus sonhos. Alguns me olhavam curiosos, com o mesmo assombro com que as pessoas de hoje olhariam um robô moderno ou um computador inteligente de última geração. Afinal de contas, eu era a própria modernidade.

Os vendedores sempre me apresentavam aos clientes mais exigentes, que podiam datilografar em mim sentindo a minha leveza. Isso enquanto eu sentia a dureza das mãos de algumas pessoas mais destrambelhadas ou daquelas que pensavam saber datilografar, mas que só faziam catar milho. Não sabiam sequer usar todos os dedos das mãos para escrever. Um horror.

— Essa é a famosa máquina silenciosa? — perguntava um cliente.

— Isso mesmo. A mais moderna e silenciosa. Quer uma demonstração prática?

E o ritual se repetia. Eu era levada para a longa mesa onde eram dispostas as máquinas para demonstrações práticas. Recebia uma folha de papel, depois sentia os dedos a datilografar em mim, e percebia a admiração dos clientes em suas mais diversas reações:

— Nossa, como uma máquina pode escrever assim tão bem sem fazer quase nenhum barulho?

— Impressionante. Posso datilografar minhas receitas sem acordar o meu bebê.

— Nem sei se eu devo comprar máquinas dessas para o meu escritório. Tenho medo dos meus funcionários dormirem sem os tlac-tlacs tão barulhentos das outras máquinas.

A cada nova venda, uma das minhas irmãs era trazida do estoque, vendida, empacotada e levada, enquanto eu permanecia à vista de todos e ao alcance de muitas mãos curiosas, sem saber que destino me aguardava.

[4]

ESCOLHAS

    Um dia, vi um homem calvo, alto e alinhado se aproximar da Casa Pratt. Eu o notei quando ele estava caminhando do largo em direção ao passeio. Na verdade, antes que ele me visse, pude detectá-lo em meio às tantas pessoas que por lá transitavam. Era um sujeito que se destacava de todos os outros, tinha um andar decidido e um olhar perscrutador. Opa! Às vezes eu me esqueço de ▶

que não estou nos anos 1920. Eu quis dizer que ele tinha um olhar investigador e curioso. Seus óculos pareciam miúdos para o seu rosto alongado. E ele estava "exposto" na vitrine gigante que havia diante de mim.

Nessa época eu já havia compreendido que não era eu quem estava em uma vitrine, mas sim que havia à minha frente uma grande vitrine chamada mundo com todas as pessoas dentro dela. Era a minha vitrine, a que eu contemplava, repleta de carros passando e de gente desfilando, aproximando-se e exibindo-se para mim, para que eu finalmente pudesse escolher quem seria o meu dono ou a minha dona. Todos dispostos diante de mim e eu, com todo o meu poder, modestamente fazia questão de aparentar ser apenas uma máquina de escrever modelo Remington 12 disposta em uma vitrine.

Ele se aproximou e olhou lentamente para cada máquina. Parecia estar escolhendo. Eu também, depois de olhar tantas pessoas se aproximarem, fazia a minha escolha. Juro que fiquei mais tempo olhando para ele do que para todas as outras pessoas que por ali passaram. Também juro que ele ficou muito mais tempo olhando para mim do que para as outras máquinas. Depois, ele entrou na loja.

– Senhor Mário! – abordou-o efusivamente um dos vendedores.

– Bom dia, caríssimo Rubens. É impressão minha ou a máquina que vocês me aconselharam a esperar pela sua chegada já está exposta na vitrine?

– Exatamente o que eu ia lhe dizer neste exato momento, nobre escritor. Recebemos há poucos meses a Remington 12, a máquina de escrever silenciosa. O senhor quer uma demonstração prática?

– Quero sim, mas também desejo voltar a datilografar nas outras duas que vi na última vez que estive por aqui. Quero melhor comparar para assim melhor comprar, meu caro Rubens.

Sem tirar os seus óculos de aro redondo, ele passou novamente os olhos por várias máquinas, escolhendo as outras duas que desejava experimentar, enquanto Rubens, o vendedor, dispunha cada uma de nós sobre a longa mesa utilizada para demonstrações práticas.

Mário apanhou uma folha de papel no escaninho mais próximo, ajustou-a em uma das máquinas e datilografou algumas linhas.

– Letras precisas, marca a tinta no papel com definição e equilíbrio, mas suas teclas são um tanto duras para as mãos de um pianista.

Apanhou mais uma folha de papel no escaninho, passou para a segunda máquina, ajustou e alinhou a folha, depois escreveu algumas linhas.

— Razoável. Parece muito com a máquina que o meu irmão teve. A propósito, em que mundo vivemos, Rubens, em que mundo? Você acredita que ela foi roubada? Nem mesmo as máquinas de escrever estão a salvo neste nosso mundo. Pois bem, procuro uma que seja o complemento dos meus dedos, que escreva comigo os meus livros, em parceria. Como o meu piano faz música junto comigo.

Por fim, ele apanhou uma terceira folha no escaninho e passou para mim.

Lembro-me como se fosse hoje. Ele posicionou e rolou o papel, destravou o meu cilindro para alinhar a folha, depois travou novamente e em seguida rolou em sentido inverso para o início da página e me tocou as teclas com leveza, como se estivesse a executar ao piano a música *Clair de Lune*, do compositor francês Claude Debussy. E juntos escrevemos, como se estivéssemos a solfejar uma doce melodia num afinado dueto:

MÁQUINA-DE-ESCREVER[2]

B D G Z, Remington.
Pra todas as cartas da gente.
Eco mecânico
De sentimentos rápidos batidos.

Mário parou. Seus olhos marejaram.

Na verdade, eu nunca havia sido tão leve. Eu escolhi o meu dono. Fiz menos barulho, escrevi com maior precisão, soei com suavidade. Eu jamais havia sido assim tão confortável nas mãos de ninguém. Definitivamente, eu queria aquele dono pra mim.

Ele, por sua vez, pensou haver me escolhido. Claro que olhei com cara de deboche para as outras máquinas, enquanto elas fingiam desdém – tipo cara de paisagem, só para não darem o braço, ou melhor, as teclas a torcer.

– Quero esta Remington.

– Que bom, senhor Mário, que o senhor teve a paciência de esperar que ela chegasse. Eu sabia que o senhor iria gostar.

– Estou há mais de dois anos esperando ela chegar, Rubens. Finalmente nos encontramos.

— Pedro, mande buscarem no estoque uma Remington modelo 12 nova, na caixa, para o senhor Mário — ordenou Rubens ao encarregado pela estocagem.

— Nada disso, Rubens, acho que você não entendeu. Eu não escolhi o modelo. Eu escolhi esta máquina. Esta que está na minha frente. Quero levá-la comigo. E faça-me o favor, não retire dela o papel com o poema que começamos a escrever juntos. Continuaremos a escrevê-lo na nossa casa.

— Pois não, senhor Mário. Será assim como o senhor deseja — disse Rubens, gritando em direção ao estoque — Pedro, busque uma nova Remington 12 no estoque para colocar na vitrine como mostruário.

Eu não estava acreditando. Um poema. Meu dono era um escritor. E depois eu ficaria sabendo que ele era também um renomado pesquisador do folclore. Meu sonho antigo havia se realizado. Eu era, ao mesmo tempo, máquina de um escritor e máquina de um pesquisador.

E foi assim o nosso primeiro encontro. Poema ao primeiro toque. Dele para mim e meu para ele. Amor à primeira vista. Meu por ele e dele por mim. O próprio Mário expressaria esse amor na primeira carta escrita por nós ao escritor Manuel Bandeira: "comprei esta máquina pelo processo amável das prestações".

Assim conquistei o meu dono. Seu nome? Mário Raul de Morais Andrade. Ou, como era mais conhecido por todos, Mário de Andrade.

[5]

PODE CRER, VELHO!

E lá fomos nós. Eu, uma máquina de escrever moderna, indo para a casa de um escritor moderno. Como se hoje uma pessoa bem descolada saísse de uma loja com o *notebook* mais moderno para juntos produzirem a sua arte. Assim nos sentimos.

Pois veja só o dilema que vivo atualmente. Sou moderna, sei que sou, mas nem todos me acham moderna.

E eu tenho que passar por cada situação que só rindo pra não chorar.

Um dia desses, eu estava em uma exposição do acervo de Mário de Andrade, o meu museu itinerante, quando um menino me olhou de cima a baixo, todo impressionado. Depois disse para o irmão mais velho:

— Olha, Diego, que irado! Um *notebook* antigo! Grandão! E já vinha com impressora e tudo!

— Ah, Diguinho, você não entende nada mesmo. Nada a ver. Isso não é um *notebook* antigo não, doido. É uma máquina de escrever antiga.

— Tá bom, pode até não ser um *notebook*, mas é tipo um parente mais antigo dos *notebooks*. É ou não é? E fala sério, que ela já vinha com impressora, vinha.

— Assim, na real, não era exatamente uma impressora, Diguinho. Mas não deixava de ser também. Aliás, era mais ou menos uma impressora. Tá, vai lá, se na época não tinha impressora, então era tipo a impressora da época e tipo o *notebook* da época. Você venceu. Meio que era só digitar aqui que já saía impresso lá no papel. Uma vez eu vi a professora digitando numa dessas. Ela imprime direto, sem ter que dar nenhum comando, fora que não precisa ser formatada nem usa carregador.

Os dois pararam para me olhar com mais atenção, procurando por algum conector de carregador ou entrada USB, suponho. E, depois de muito me olhar, o irmão mais velho concluiu, dizendo ao menor:

– Pode crer, velho! Era muito mais irada do que os *notebooks* de hoje em dia.

Há muito tempo eu não me sentia tão bem. Depois de anos sendo chamada de velha, vi uma comparação como essa num diálogo em que dois adolescentes reconheciam as minhas qualidades e, além de tudo, escutei claramente que no final da conversa um menino nascido há poucos anos foi chamado de velho pelo seu irmão... mais velho...

Confesso que por um instante nem me importei de também ser chamada de velha, afinal me sinto uma menina. E, cá pra nós, sou mesmo muito mais irada do que os atuais *notebooks*. Pode crer, velho!

[6]

NOSSO PRIMEIRO POEMA

 Ao chegarmos à nossa casa, pude conhecer muitos outros companheiros de Mário. De todos eles, aqueles com quem mais convivi e conversei foram a sua câmera fotográfica, o seu piano, a sua viola caipira, a sua caneta-tinteiro preferida e o seu mata-borrão.

 Não sei se você sabe o que é uma caneta-tinteiro e um mata-borrão. Naquela época já tinha sido inventada ▶

a caneta esferográfica, que é essa caneta mais usada hoje em dia e que você provavelmente tem pelo menos uma no seu estojo. A esferográfica tem uma esfera minúscula na ponta e, quando a esfera corre pelo papel, ela gira pegando a tinta que fica num canudinho chamado carga e a espalha no papel. A caneta esferográfica é como se fosse uma versão quase microscópica daqueles frascos de desodorante *roll-on*, mas com tinta no lugar de desodorante e com uma esfera dezenas de vezes menor.

Acontece que, na época que inventaram a esferográfica, a tinta da caneta ainda demorava bastante para secar e a ponta dela acabava manchando tudo quando era arrastada no papel. Por isso, no começo ela só foi usada para marcar couro para cortes e artesanatos. Foi preciso que inventassem uma tinta de secagem rápida para que a esferográfica passasse a ser usada para escrever em papel.

Por isso, na época de Mário, ainda se escrevia com caneta-tinteiro, também chamada de caneta bico de pena, que tinha uma ponta muito fininha e de metal. A ponta era mergulhada no tinteiro e a tinta escorria por uma fenda que nela havia até chegar a uma parte mais redondinha, que era encostada no papel. A pessoa escrevia e a tinta ia acabando, depois era preciso mergulhar a ponta da caneta de novo no tinteiro para pegar mais tinta. Era mais ou menos como se faz ao usar um pincel para pintar.

    Acontece que, como eu disse, naquela época a tinta demorava a secar. Por isso era preciso passar o mata-borrão logo após escrever, para não correr o risco de que o papel ficasse todo manchado caso alguém esbarrasse na tinta fresca. E o mata-borrão servia para quê? O próprio nome já diz. Para matar, ou eliminar, os possíveis borrões. Era uma peça de madeira parecida com um carimbo, com a parte de baixo acolchoada e com um formato circular que recebia um papel absorvente, tipo um papel-toalha ou aquele papel dos filtros de café descartáveis. Então, a pessoa movia o mata-borrão sobre o escrito e o papel absorvente puxava o excesso de tinta, só deixando a tinta que já havia penetrado na folha. Assim, a folha podia ser manuseada e tocada sem que se corresse o risco de manchar toda a escrita.

    Falei tudo isso só pra dizer que eu era muito amiga da caneta-tinteiro preferida de Mário e de seu mata-borrão. Afinal, trabalhávamos juntos e sempre acompanhávamos Mário nos seus escritos. Tudo bem que eu também costumava conversar com o piano e com a viola caipira, mas eles sempre foram mais musicais. Na verdade, eu também fazia música, mas uma música diferente, não como a deles, preciso reconhecer, mesmo escrevendo de um modo musical nas mãos de Mário.

Claro que quando chegamos à nossa casa eu ganhei logo um lugar especial em sua mesa. Eu estava bem protegida. Afinal, nem eu nem Mário queríamos que eu tivesse o mesmo fim da máquina de escrever do irmão dele, que foi surripiada, opa, quero dizer, roubada.

Sou moderna sim. Mas por já ter vivido cem anos, convivi com palavras que já não são tão usadas e convivo com palavras que estão em pleno uso nos dias de hoje, mas que daqui a alguns anos talvez já não sejam mais tão faladas. Então, todas as vezes que acontecer de eu falar alguma palavra mais antiga, vou tentar me lembrar de dizer também uma palavra correspondente de hoje em dia.

Mário me colocou sobre a mesa, abriu um vinho e fez um brinde comigo, quero dizer, em mim. Feito aqueles navios transatlânticos da época, como o Titanic, que eram inaugurados com uma garrafa de champanhe sendo quebrada em seu casco. Claro que Mário não quebrou o cálice de vinho em mim para me inaugurar, apenas tiniu a borda do cálice no meu corpo, fazendo tim-tim. Assim, brindamos à nossa parceria. Em seguida, continuamos o nosso primeiro poema, que, modéstia à parte, ele fez para mim.

Algumas pessoas tiveram a audácia de dizer que ele já havia escrito o poema "Máquina-de-escrever" antes de me conhecer, e que só não o tinha publicado. Seja como for, e o que quer que digam, vou sempre acreditar que ele o fez para mim. Se o escreveu antes, o fez por saber que um dia me encontraria. Tanto foi assim que, ao me conhecer, no mesmo instante, datilografou o poema em mim. E assim continuamos a nossa escrita iniciada na Casa Pratt, usando aquela mesma folha, depois passando para outra:

MÁQUINA-DE-ESCREVER[3]

B D G Z, Remington.
Pra todas as cartas da gente.
Eco mecânico
De sentimentos rápidos batidos.
Pressa, muita pressa.

Duma feita surripiaram a máquina-de-escrever
de meu mano.
Isso também entra na poesia
Porque ele não tinha dinheiro pra comprar outra.

Igualdade maquinal,
Amor ódio tristeza...
E os sorrisos da ironia

Pra todas as cartas da gente...
Os malévolos e os presidentes da República
Escrevendo com a mesma letra...
           Igualdade
         Liberdade
           Fraternité, point.
Unificação de todas as mãos...

Todos os amores
Começando por uns AA que se parecem...
O marido que engana a mulher,
A mulher que engana o marido,
Os amantes os filhos os namorados...

        "Pêsames".
        "Situação difícil.
        Querido amigo... (E os 50 mil-réis.)
          Subscrevo-me
             adm^{or} obg^{o}"
       E a assinatura manuscrita.

Trique... Estrago!
É na letra O.
Privação de espantos
Pras almas especulas diante da vida!

Todas as ânsias perturbadas!
Não poder contar meu êxtase
Diante dos teus cabelos fogaréu!

A interjeição saiu com o ponto fora de lugar!
Minha comoção
Se esqueceu de bater o retrocesso.
Ficou um fio
Tal e qual uma lágrima que cai
E o ponto final depois da lágrima.

Porém não tive lágrimas, fiz "Oh!"
Diante dos teus cabelos fogaréu.
A máquina mentiu!
Sabes que sou muito alegre
E gosto de beijar teus olhos matinais.
Até quarta, heim, ll.

Bato dois LL minúsculos.
E a assinatura manuscrita.

Sei que você pode estar se perguntando sobre algumas coisas de que fala esse poema que só quem conhece uma máquina de escrever pode responder.

Primeiro, que no seu teclado de computador você tem o algarismo "1". Nós, máquinas de escrever, não precisamos dessa tecla. Basta escrever o "L" minúsculo e você tem o "um".

Outra coisa interessante é que, para fazer a exclamação na máquina de escrever, você precisa apertar uma tecla que tem um apóstrofo "'", depois fazer a máquina voltar apertando a tecla retrocesso, ou *backspace* – equivalente ao *backspace* do computador, mas que não apaga o que foi escrito. Por fim, você precisa apertar a tecla de ponto final ".". Assim você terá uma exclamação "!".

Acontece que se você se esquecer de bater o retrocesso, vai ficar assim "'.", uma lágrima seguida de um ponto final.

Agora que aprendeu essas coisas sobre a máquina de escrever, e com uma máquina de escrever, sugiro que releia o nosso poema.

[7]

BATIZADA

Claro que, logo que entrei em sua vida, Mário inventou de querer escrever tudo em mim. A caneta e o mata-borrão respiraram aliviados.

— Melhor assim, amiga. Prefiro ficar para as assinaturas, os manuscritos, os recados curtos, as listas de compras e os registros de ideias noturnas que depois se transformam em poemas, livros, estudos e projetos.

– Fico com a minha companheira caneta. Já perdi a conta de quantas vezes fui gangorreado de um lado a outro para chupar excesso de tinta. Merecemos esse descanso pelo tanto que trabalhamos. Além do mais, Manuela, nós dois simpatizamos tanto com você que temos certeza de que vamos nos dar muito bem – concordou timidamente o mata-borrão, que na maioria das vezes preferia participar em silêncio das conversas.

Com o passar das semanas, até mesmo a literatura e as cartas escritas por Mário começaram a ser feitas diretamente em mim. Lembro-me da primeira carta que escrevemos juntos para o meu padrinho Manuel Bandeira. Isso mesmo. Apesar de não nos conhecermos, meu nome foi escolhido por Mário em homenagem a Manuel. Por isso me chamo Manuela, meu nome de batismo. Lembro-me que escrevemos mais ou menos assim: "Querido Manuel, comunico que comprei esta máquina. O nome dela, que acabo de inventar, é Manuela. Não refleti nem nada. Assim a homenagem saiu do coração".

E não é que Manuel Bandeira respondeu a carta alguns dias depois? Se ainda lembro bem, ele escreveu algo como: "Parabéns, Mário, por ter adquirido a Manuela. Daqui a alguns dias também receberei uma máquina que,

como retribuição ao seu carinho, será batizada com um nome em sua homenagem. E como você será o padrinho, peço que me ajude na escolha de seu nome. Pensei em Mariana ou Maroquinhas. O que me diz?".

O futuro padrinho Mário, ao ler a carta, repetiu algumas vezes os nomes, atento à sua sonoridade. Disse em voz alta "Mariana", depois "Maroquinhas", depois "Maroquinhas", uma careta, depois "Mariana", um dar de ombros, "Maroquinhas" novamente seguido de "tsc, tsc, tsc", depois "Maria", "Mário", "Mariona", "Isso, Mariona", enfim sorriu. Decidido, escreveu uma carta dizendo mais ou menos o seguinte: "Manuel, aconselho a não usar diminutivo no nome de sua máquina. Por que não usar um quase aumentativo e chamá-la de Mariona?".

Agora veja você, Manuel cogitou dar à pobre máquina o nome Maroquinhas, Mário piorou a situação ao querer batizá-la de Mariona, mas no final, para sorte da máquina, seu nome ficou sendo Mariana pelo menos para nós, objetos e máquinas. E isso graças a mim. Confesso que eu tive uma participação decisiva nessa escolha, afinal, o próprio Mário disse naquela mesma carta enviada a Manuel: "A Manuela me domina. Minha máquina de escrever é mais forte e grande do que eu". E ele estava certo. Quando vi que Mário sugeriria Mariona, achei de péssimo gosto. Mariana é lindo, mas Mariona...

Ninguém merece. Pois veja bem o que fiz para salvá-la desse nome desprimoroso, ou, como você diria, ridículo. Nas duas vezes que ele teclou a letra "o" do nome "Mariona", eu embolei os meus pequenos braços mecânicos, que são aqueles martelinhos onde ficam as letras que são carimbadas no papel. Não sei se você sabe, mas se apertar mais de uma tecla ao mesmo tempo em uma máquina de escrever, todos os bracinhos com letras se embolam e nenhum deles é carimbado direito, ou apenas o que está mais à frente.

Pois bem, quando ele apertou a tecla "o", eu levei à frente o braço do "u" que foi carimbado na folha. Ele apertou o retrocesso e teclou de novo o "o" para carimbar em cima do "u", e nesse momento eu embolei os bracinhos e carimbei o "a". Quando ele conseguiu finalmente carimbar o "o", as letras "o", "u" e "a" ficaram tão misturadas no papel, que na leitura da carta Manuel não conseguiu entender a sugestão de Mário e pensou que ele tivesse ficado com o nome Mariana. No final das contas, quem acabou escolhendo o nome da minha futura colega, e afilhada de Mário, fui eu. Pois embora Manuel a tenha chamado de Marocas, sem o diminutivo, numa de suas cartas, eu particularmente nunca soube de ele ter usado esse nome em outras ocasiões. É que, no fundo, ela não gostou. Sempre preferiu Mariana. Por isso sempre a chamei assim. E, entre os objetos, acredite, foi esse o nome que vigorou.

Nós duas nos tornamos grandes amigas e nos correspondemos muito, enquanto os dois poetas pensavam estar trocando cartas.

[8]

MÚSICA, MAESTRO!

Preciso confessar que naquela primeira carta que Mário escreveu em mim, eu me senti um tanto ofendida com um de seus comentários destinados a Manuel Bandeira: "Estou me sentindo um tanto atrapalhado para escrever diretamente na Manuela. É que a ideia do que eu tenho para escrever foge com o barulhinho que ela faz".

— Como assim? — gritei bem alto, mas ele só ouviu o "pim" do meu grito, quero dizer, da minha sineta de alerta de fim de página. Imagino que, com isso, parte de sua ideia ofensiva tenha fugido também. Afinal, isso era o que eu mais desejava. E tanto foi assim que em seguida ele continuou na linha seguinte escrevendo algo como: "Mas isso será um incômodo passageiro, querido Manuel, pois logo me acostumarei com ela".

"Ah, bom!", pensei, mas dessa vez não emiti nenhum som que pudesse ser escutado por ele. Na verdade eu queria falar muito. Queria mesmo dizer: "Escute aqui, senhor Mário de Andrade, se o senhor quer algo sonoro para os seus ouvidos quando aperta uma tecla, vá tocar o seu piano". Mas não consegui escrever. Falei isso de um jeito que só os objetos conseguem escutar. E o piano então falou, com toda a sua irritante e pomposa elegância, própria dos pianos *art nouveau* com quatro castiçais movediços:

— Senhora Manuela, não se entristeça com esse comentário. Mário, além de ser escritor e pesquisador, é músico e é professor de música. Ele está atento aos sons mais sutis, por isso gosta tanto de você, que tão pouco ruído faz, comparando com as outras máquinas barulhentas, é claro. Você não tem um timbre tão encantador quanto o meu, nem nunca figurará entre os instrumentos de uma orquestra, mas sabe escrever poemas, coisa que eu não sei fazer. Sendo assim, queira dar-se por satisfeita, pois cada um deve fazer o que lhe cabe. E, ao lado de Mário, podemos fazer ainda melhor aquilo que tão bem sabemos fazer. Eu, boa música. Você, boa literatura.

– Senhor piano, jamais quis parecer pernóstica – quis dizer: pretensiosa ou arrogante –, não pretendo ter um timbre belo e melodioso como o seu, mas posso garantir que haverá um tempo em que nós, máquinas de escrever, faremos música em uma orquestra sim, e com o nosso timbre próprio. Foi-se o tempo da arte clássica. E você é de origem clássica, meu querido, embora tenha todo espaço no Modernismo. Talvez por isso ainda pense assim, por ser clássico. Aliás, seja bem-vindo ao Modernismo, pois eu sou moderna. E como sou! Você faz boa música sim, viu? Mas música eu também posso fazer. É sobre isso que ando escrevendo nesses dias com Mário. Sobre a tal arte moderna. Talvez você esteja precisando se atualizar.

– Uma máquina de escrever em uma orquestra? Faço questão de esperar sentado por esse dia – respondeu o piano com todo o peso do seu grave.

– Sua licença, siô piano. Sua licença, siá máquina. Tô vendo essa peleja de um instrumento de salão com uma máquina da cidade e tenho que lançar aqui a minha modesta opinião. Meu voto fica com a comadre Manuela. Siô maestro, o Vira Lobo, já colocou até tambor de congada e chapa de metal pra tocar em orquestra, por que ninguém há de colocar uma máquina de escrever? – defendeu a viola caipira.

– Vira Lobo? – eu quis saber.

– Villa-Lobos, maestro Heitor Villa-Lobos – corrigiu altivo o piano, desdenhando a fala interiorana da viola caipira e sendo por ela interrompida imediatamente.

– Mais respeito, seu piano metido a besta e fora de moda. E se tem alguém aqui que entende de moda, sou eu. Pra mim é Vira Lobo e fim de papo. Pois quem aqui me garante que um dia uma viola caipira ou uma máquina de escrever não vão participar de um concerto chique numa orquestra? Por sinal, que som bonito o da comadre! Esse tlac-tlac misturado com um sininho e depois uma catraca é o som da modernidade. Sem contar o puxar fora a folha pronta. Se é uma aposta o que se anuncia, coloco em jogo as minhas cordas, na crença de que um dia eu ainda vou ver uma máquina de escrever fazer parte de uma orquestra.

— Obrigada, sinhá viola caipira. Sinto-me lisonjeada com suas palavras – respondi sentindo-me orgulhosa com o que ela disse. – Se você aposta as suas cordas, eu aposto o meu rolo de tinta, e garanto que vamos ganhar. Pra mim, um dia ainda vamos ver uma máquina de escrever participar de uma orquestra.

— Lamento desapontá-los. Sei que Mário tem tocado coisas novas em mim e que o maestro Villa-Lobos faz os pianos emitirem melodias nunca antes imaginadas. Posso até me enganar, considerando o caminho que as coisas vêm tomando. Uma viola caipira numa orquestra tudo bem, posso aceitar. Mas uma máquina de escrever? Vocês me fazem rir. E nisso aposto todas as minhas partituras de Bach.

A aposta foi feita. E agora que o tempo passou, eu posso dizer a você que fiz muita música com Mário enquanto escrevia suas cartas, seus artigos, seus projetos, sua literatura. Os toques, aos poucos, foram ganhando um ritmo que compunha com a escrita.

Mas foi só depois de algumas décadas que pude ver na televisão uma máquina de escrever tocando em uma orquestra. Uma pena que Mário não tenha presenciado isso. Ele ia adorar, tenho certeza. Foi mais ou menos uns 30 anos depois dessa nossa aposta que o compositor estadunidense Leroy Anderson fez a música *The Typewriter*, chamada *A máquina de escrever* em português. Na música, uma máquina de escrever é tocada como instrumento de uma orquestra.

A viola caipira foi quem deu ao piano a notícia de que fomos vitoriosos na nossa aposta, e ela fez isso em forma de moda, pontilhando uma melodia enquanto contava tudo em rimas e dando risada. Aliás, todos nós rimos, até mesmo o piano, que a essa altura já não pensava como antes. Mário mudou o seu jeito de ser e de tocar, ensinando-lhe a respeitar não só as coisas modernas mas também a fala e a música do povo brasileiro.

Uma pena que nessa época Mário não estivesse mais entre nós para rir conosco, principalmente por todas essas mudanças terem começado com o movimento modernista, que abalou e transformou a arte no mundo. E que aqui no Brasil ganhou força justamente com a Semana de Arte Moderna.

[9]

NUNCA FOMOS TÃO MODERNOS

Já contei para você que nasci em 1922, um ano especial para mim e para Mário de Andrade, pois esse foi também o ano da Semana de Arte Moderna, que, por essa razão, era também chamada de Semana de 22. Mas fiquei sabendo dela só depois que aconteceu.

Até hoje fico sentida por ter chegado atrasada na vida de Mário, mas não tenho culpa de não ter nascido antes de 1922 nem de termos nos conhecido apenas uns três anos depois da Semana de 22.

Talvez você ainda esteja se perguntando: "Mas como? Uma Semana de Arte Moderna e uma máquina de escrever moderna, feitas há tanto tempo? Como essas coisas que nasceram há uns 100 anos ainda podem ser consideradas modernas? Deveriam ser chamadas de Semana de Arte Antiga e máquina de escrever antiga".

Entendo que um século se passou e que 100 anos não é tão pouco tempo. A Semana de Arte Moderna, por exemplo, aconteceu em 1922, no ano em que as pessoas comemoravam 100 anos da Independência do Brasil, proclamada por Dom Pedro I em 1822. E eu posso garantir a você que, quando eu nasci, as coisas usadas por Dom Pedro I também pareciam muito antigas.

Tudo bem que hoje existem celulares, televisores, computadores, internet, cinema 3-D, impressora 3-D, *touch screen*, *drones*, controle remoto, *pen drives*, energia nuclear, *nylon*, raio *laser*, *wi-fi*, entre tantas outras coisas que não existiam quando eu nasci.

Do mesmo jeito, em 1922 já existiam bondes elétricos, carros, aviões, rádios, lâmpadas elétricas, máquinas de escrever, câmeras fotográficas, filmadoras, músicas gravadas em discos, cinema, plástico, zíper, raios X.

Coisas que não existiam na época de Dom Pedro I. E tudo isso parecia muito novo para nós, como as invenções de hoje parecem muito novas para você.

Imagine que, um pouco antes de eu nascer, as pessoas pensavam que o progresso tinha chegado ao auge. Com os automóveis e o cinema, a fotografia e o telefone, o rádio e o conforto das cidades, todos achavam que essa bela época, chamada em francês de *Belle Époque*, não teria fim. Pois lá na Europa pensaram assim por vários anos, até que se iniciou a Primeira Guerra Mundial e, com os horrores da guerra, o lado mais terrível do ser humano apareceu. Toda a tecnologia que podia trazer conforto e paz, curar doenças, informar, divertir e aproximar pessoas foi usada para matar e destruir.

E o mais absurdo de tudo foi que as imagens das mortes e da destruição provocadas pela guerra podiam ser mostradas a todo o mundo por meio de filmagens exibidas em salas de cinema e por meio de fotos publicadas em jornais e revistas.

Foi a câmera fotográfica de Mário de Andrade quem um dia me falou:

– Manuela, você já viu nas revistas e nos livros de Mário os quadros antigos em que as paisagens, as pessoas, os animais, as plantas e as coisas eram retratadas como se fossem de verdade?

– Vi sim. São perfeitos de tão bonitos. Ou bonitos de tão perfeitos. Nem sei em que ordem fica melhor para expressar a sensação que tenho ao ver esses quadros. Só sei que, de fato, parecem reais.

– Isso mesmo. Eram as pinturas realistas. Agora, imagine. Depois que nós, câmeras fotográficas, surgimos, passou a ser possível registrar as coisas reais rapidamente. Até mesmo a imagem de uma pessoa pulando, piscando os olhos, fazendo uma careta, correndo. Isso sem precisar ficar dias pintando e contemplando uma paisagem ou um modelo vivo imóvel. Quando surgimos, as pessoas chegaram a dizer que os pintores de quadros deixariam de existir.

– Tem sentido. Se uma paisagem, uma pessoa, um objeto, um animal, um palácio, uma casa, seja lá o que for, podem ser fotografados exatamente como são, para que pintá-los de modo realista?

– Por isso e por muitas outras transformações que aconteceram nesse mesmo período, o mundo mudou muito em pouco tempo. E a arte também. Não fazia mais sentido pintar a mesma coisa que uma máquina fotográfica era capaz de fazer. Alguns artistas começaram a perceber que, com essa velocidade toda, o mundo estava cada vez mais fracionado, e a vida, mais rápida. Com as guerras, então, foi possível ver que o poder de destruição era muito maior do que o de 100 anos antes.

– Nossa! Eu nunca tinha pensado nisso. Você aprendeu tudo isso fotografando?

– "Fotando", Manuela. Com Mário eu aprendi a "fotar", não a fotografar. É que ele me leva para muitos lugares e posso registrar com o meu olhar muitas coisas diferentes. Também participei de algumas conversas, conferências e pesquisas com Mário. Nós e todas essas outras invenções somos modernas. E a arte, para nos acompanhar, precisou se modernizar também. Mário foi um dos primeiros artistas do Brasil a perceber como a arte estava mudando. Foi assim que ele se reuniu com outros artistas e juntos fizeram a Semana de 22.

– Eu já ouvi falar algumas vezes desse evento. Acho que guardei na minha memória por ele ter acontecido justamente no ano em que nasci. Gostaria de saber mais sobre essa tal Semana. Você pode me contar como foi?

– Infelizmente eu também não estive no evento. Eu e Mário nos conhecemos em 1923 e, logo que me comprou, ele me batizou com o nome de Codaque. Mas quando ele escreve o meu nome, não o faz do mesmo modo como você lê em mim, Kodak com "k", mas sim

59

iniciando com "c" e usando "q", "u", "e" no final. Mário aportuguesou o meu nome. Artes de um escritor antropófago, Manuela.

– Antropófago?

– Sim, aos poucos você vai entender melhor. Mas eu poderia resumir dizendo que ele fez questão de degustar o meu nome estrangeiro original, depois o digeriu e, por fim, o recriou, me rebatizando com as letras que seriam usadas no Brasil para escrever a mesma palavra: Codaque, "c", "o", "d", "a", "q", "u", "e".

– Acho que estou começando a entender. A propósito... Co-da-que. Codaque. Lembro-me de eu e Mário termos escrito o seu nome em alguma carta, mas não sabia que se tratava de você. Adorei o seu nome, Codaque!

– Obrigada! Também gosto muito do meu nome. Podemos convidar a caneta-tinteiro para participar da nossa conversa, pois foi ela quem assinou com Mário os documentos mais importantes do evento e pôde assistir a tudo de camarote, e em posição privilegiadíssima, no canto da lapela do bolso do seu paletó.

[10]

O TERREMOTO QUE DUROU QUASE UMA SEMANA

  Codaque fez o seu clique duas vezes e eu fiz o meu tlac-tlac seguido de um toque de sineta. Desse modo, chamamos a caneta-tinteiro para a nossa conversa. A caneta prontamente nos atendeu, enquanto Codaque dava tom ao diálogo:

  — Caneta, eu estava dizendo a Manuela que, com as tantas mudanças no mundo, surgiu na Europa um jeito ▶

diferente de fazer arte, o movimento chamado Modernismo, atento aos temas atuais, como a Guerra Mundial, a velocidade das grandes cidades e uma construção nova da identidade nacional.

– Ah, sim, Codaque – entrou na conversa a caneta-tinteiro –, lembro-me dos tantos resumos e rascunhos de artigos sobre Modernismo que escrevi com Mário. E também das cartas que redigimos juntos muito antes da Semana de 22. O que aconteceu foi que vários artistas brasileiros, inspirados no movimento modernista europeu, resolveram deixar para trás o antigo modo de fazer arte. Eles então começaram a se reunir e a usar os temas urbanos e regionais do Modernismo de um jeito muito brasileiro. A Semana de Arte Moderna surgiu para isso, para fazer a nossa arte ter cada vez mais a cara do Brasil.

– Eu me lembro de você ter me contado das reuniões de organização desse evento. Alguns desses artistas decidiram organizar aqui em São Paulo a Semana de Arte Moderna para apresentar ao Brasil o Modernismo, e também para começar a mudar o antigo jeito de fazer arte no nosso país e de mostrar a arte brasileira para o mundo, não foi isso?

– Exatamente, Codaque.

– Mas foi Mário quem organizou o evento?

— Não só ele, Manuela. Foi todo um trabalho de equipe. Muitos artistas estavam envolvidos. O escritor Oswald de Andrade e o pintor Di Cavalcanti organizaram o evento diretamente. Mário de Andrade também participou de sua criação. Mesmo tendo sido coordenado principalmente por esses três, o trabalho não foi feito só por eles. Afinal, seria o maior evento de arte até então realizado no Brasil.

— E foi uma semana inteira de exposições e apresentações artísticas? De segunda a domingo?

— Aí é que você se engana, Manuela — esclareceu a caneta. — Apesar de se chamar Semana, o evento aconteceu em apenas três dias: uma segunda-feira, uma quarta-feira e uma sexta-feira. O Teatro Municipal de São Paulo foi o lugar escolhido pelos artistas para apresentar a sua arte moderna ao público.

— Três dias? Mas como em apenas três dias foi possível fazer tanta coisa?

— Foram três dias repletos de novidades. Eram coisas muito distintas do que as pessoas estavam acostumadas a chamar de arte: um jeito todo diferente de dançar, de esculpir e de pintar. Eram movimentos audaciosos, formas inovadoras, imagens duplas, assimétricas, geométricas, manchadas, quase desmanchadas, desfeitas e refeitas.

Outra novidade que nós, que somos das letras, adoramos foi uma maior liberdade no jeito de fazer literatura, como a ausência de rimas em poemas cheios de ritmo e o uso de palavras faladas pelas pessoas simples. Pelas mãos de Mário eu anotei muito sobre as novas criações. Você vai ver, Manuela, como ele usa com maestria esses recursos na literatura. Em pouco tempo você vai saber falar de tudo isso com muita propriedade, tenho certeza.

Enquanto escutava, eu imaginava em palavras cada momento narrado e descrito pela caneta-tinteiro, como se eu tivesse participado desse evento tão importante para a arte brasileira. A viola caipira, que acompanhava a conversa tranquila, encostada na parede, adentrou na prosa:

– Siá Manuela, lembra do que eu falei naquele dia? E o siô piano teimando que nunca vai ter máquina de escrever numa orquestra. Quer ver? Escuta. Na Semana de Arte Moderna teve até som de folhas de metal e de tambores de festas do povo no meio da orquestra. Bem do ladinho dos violinos, contrabaixos, violoncelos, oboés, clarinetes e fagotes. Todo esse povaréu em coro. E o maestro Lobisomem um dia garantiu... Aquele que vira lobo que eu te falei. Ele disse bem na minha frente que até viola caipira vai entrar pra orquestra. E eu garanto que se folha de metal entra, claro que também tem lugar pra máquina de escrever. Escreve o que eu estou falando, Manuela.

– Acredito, sinhá viola – concordei. E de fato, como anos depois nós pudemos confirmar, ela estava certa.

Eu estava fascinada com aquela conversa. A Semana de 22 mostrou um novo modo de experimentar formas artísticas mais livres com figuras, palavras, movimentos, sons e rostos mais brasileiros. Coisas que naquela época não eram vistas como arte.

Agora tente imaginar um terremoto abalando as colunas de um prédio enorme, muito forte e muito resistente. Para mim e para Codaque, que na época ainda não estávamos na vida de Mário, a Semana de 22 podia ser entendida como um terremoto que fez tremer as estruturas do prédio da arte brasileira para, aos poucos, a arte moderna ganhar espaço no nosso país, e a arte brasileira ganhar, cada vez mais, espaço no mundo.

Enquanto eu refletia cá com os meus botões, os meus colegas continuavam a prosa.

[11]

TREMORES E ABALOS EM DETALHES

    – Foi bem assim, Manuela – disse a caneta bico de pena animada –, logo na segunda-feira os modernistas deixaram o público um tanto assustado com um jeito totalmente novo de pintar quadros e de fazer esculturas. Só pra você ter uma ideia, foram exibidas obras de Anita Malfatti, Zina Aita, Victor Brecheret, Di Cavalcanti e outros artistas. Tarsila do Amaral não participou da ▶

Semana de 22 porque estava em Paris. Esse dia foi até tranquilo, viu? Quem deu a primeira palestra no evento foi o escritor Graça Aranha, sobre a emoção estética da arte moderna. Durante a fala de Graça Aranha, foram apresentados musicais regidos pelo maestro Ernani Braga e poemas declamados por Ronald de Carvalho e Guilherme de Almeida.

– Pelo jeito as pessoas não se espantaram tanto com a nova arte.

– Escuta, siá Manuela, que comadre caneta ainda não contou a melhor parte. Foi na quarta-feira que o angu começou a empelotar. Quer ver? Escuta...

– Comadre viola tem razão, Manuela. Você ainda não sabe da missa um terço. Na quarta teve apresentação de dança, de música e de literatura. Lembro-me do quanto chacoalhei no paletó de Mário prendendo-me à boca do bolso e me esgueirando pela borda da lapela pra não perder nada. Também foram muitas as anotações, a maioria delas escrita no meio de toda aquela tensão. Pude escutar nas reações a grande irritação do público. Para acalmar o povo, Guiomar Novaes tocou alguns clássicos da música conhecidos por todos. Os artistas modernistas não gostaram nada disso, pois queriam mesmo era chocar e abalar aqueles que não aceitavam a nova arte.

Menotti del Picchia deu uma palestra sobre a arte estética dos novos escritores dos novos tempos. Foi quando começaram as vaias.

– Queria muito ter estado lá pra "fotar", como diria Mário, todos esses momentos.

– Ah, dona Codaca, eu também queria ter ido a essa semana da arte. Escutei tudo da comadre caneta, que viu tudinho. Inda teve a parte do Vira Lobo nesse dia, não foi, comadre?

– Sim, comadre viola, teve muito mais. Quando Oswald de Andrade entrou, as vaias ficaram ainda mais fortes. Tinha gente latindo, gritando, mugindo, miando, urrando, esmurrando. Foi um horror. Depois veio a apresentação do maestro Heitor Villa-Lobos, que entrou no palco usando um guarda-chuva como bengala e calçando chinelos, pode? Mas as coisas ficaram mesmo quentes naquela noite quando Ronald de Carvalho leu o poema "Os sapos", de Manuel Bandeira.

– Meu padrinho Manuel estava lá?

– Não. Ele não pôde participar. Tinha uma tuberculose. Lembro-me de ter escrito com Mário uma carta para ele contando como havia sido a leitura do seu poema "Os sapos" no evento. O poema do seu padrinho apresenta o sapo-tanoeiro como aquele que defende o jeito tradicional de fazer poema dos poetas parnasianos. Uma coisa toda enfeitada, empolada e lapidada. Depois traz o sapo-cururu, que representa o poeta modernista, que luta pela liberdade na arte de fazer poesia com o modo de dizer das pessoas do povo e as palavras usadas no dia a dia. Manuela, eu posso até te contar e, sem ter assistido pessoalmente, você pode até imaginar como foi, mas só mesmo quem esteve lá sabe de fato como o negócio esquentou. Enquanto Ronald de Carvalho fazia a leitura do poema do seu padrinho, as pessoas chegaram a fazer coro e gritar para atrapalhar sua leitura, mas nem assim ele parou. Continuou firme e forte, lendo cada vez mais alto. E as vaias também aumentavam em intensidade. Parecia que não iam acabar nunca.

— Que mexerico, menina! — hoje eu diria: "Que babado, menina!". — Isso deve ter saído em todos os jornais! Estou com as teclas caídas!

— Saiu em vários jornais — continuou a caneta. — E na maioria deles se falava muito mal do evento. No dia seguinte, o assunto em algumas rodas de conversa da cidade era esse. E a sexta-feira ficou reservada apenas para a música de Villa-Lobos, que, além de apresentar músicas e instrumentos bem diferentes do que as pessoas estavam acostumadas a escutar em uma orquestra, entrou com um pé calçando um sapato e o outro calçando um chinelo. E isso não era só para provocar não. Dizem que ele entrou assim por conta de um calo inflamado no seu pé. Mas, é claro, todos vaiaram muito, e com vontade.

— Também pudera. As pessoas estavam acostumadas com um jeito todo arrumadinho de pintar quadros, de dançar, de esculpir, de compor e tocar música, de escrever poemas e fazer literatura. Vem uma turma e vira tudo de pernas para o ar. Eu nasci atrasada mesmo, viu? Cheguei atrasada demais para o evento do século. Uma pena! Mas me diga, em resumo, por conta disso tudo você não acha que a Semana de Arte Moderna acabou sendo um fracasso?

— Muito ao contrário. E sobre isso eu escrevi muitos textos com Mário. Eram coisas tão novas e tão modernas que a Semana foi um verdadeiro sucesso. Quero dizer, apesar de a maioria das pessoas ter vaiado e de quase todos os jornais terem falado muito mal do evento, a Semana de Arte Moderna foi tão comentada, que aos poucos começou a fazer as pessoas questionarem o que é arte. Por isso, posso te assegurar, Manuela, que ela obteve pleno sucesso.

– Entendeu agora por que foi que eu chamei a caneta para a nossa conversa? Ela é quem sabe dos detalhes mais quentes para te contar. E foi por isso que eu comecei o nosso diálogo falando de todas essas mudanças no modo de fazer arte desde que nós, que somos máquinas modernas, fomos inventadas.

Eu não sabia o que dizer. Estava sem palavras. Fiquei estupefata, pasmada, embasbacada. Ou, como dizem hoje em dia: passada!

E só agora, quase um século depois dessa conversa que tivemos na nossa casa, onde morávamos com Mário de Andrade, pude entender que o jeito de fazer arte da Semana de Arte Moderna invadiu todos os lugares. Hoje ele está nos rótulos dos refrigerantes, nas capas dos livros, nos clipes musicais, nas propagandas da TV e da internet, nos formatos dos prédios, nos móveis, nos aplicativos de celulares, no *design* de ventiladores, em *joysticks*, brinquedos, *mouses*, aviões, *pen drives*, praças, *skates*, bicicletas e até no Minecraft, acredite.

[12]

MACUNAÍMA E A REINVENÇÃO DO BRASIL

Com Mário aprendi muitas coisas. Principalmente a escrever documentos, cartas e projetos, estudos sobre literatura, música e folclore, artigos, poemas e romances. Ser máquina de escritor e pesquisador é isso. Também soube de muitos acontecimentos escutando a leitura de suas cartas e de seus livros, participando de reuniões com seus amigos artistas e conversando com os meus ▶

colegas, o piano, a viola caipira, a caneta-tinteiro, o mata-borrão e a Codaque.

E, no meio dessas tantas produções de livros, artigos, poemas e revistas, Mário decidiu fazer algumas viagens de pesquisa pelo Brasil. Fiquei toda macambúzia, sorumbática e taciturna. Cá estou eu a usar novamente palavras pouco faladas nos dias de hoje. Em resumo, fiquei triste. Mas no fundo não fiquei só triste. Foi muito pior do que isso. Eu fiquei mesmo foi macambúzia, sorumbática e taciturna. No dia em que você estiver muito triste, mas muito mesmo, você saberá como eu me senti. Então, fique à vontade para usar esses adjetivos que eu uso, talvez eles expressem com maior profundidade o tamanho da sua tristeza.

Foi tão grande a minha desolação que Mário percebeu. Ele olhou para mim e decidiu me levar junto para onde fosse.

E foi em uma das nossas viagens, dessa vez para Araraquara, no interior de São Paulo, que escrevemos *Macunaíma, o herói sem nenhum caráter*. Em poucos dias o livro estava pronto. Na verdade, ele já vinha sendo preparado há um tempo na cabeça de Mário. Era como se o escritor se alimentasse de todas as coisas que lia, via e estudava sobre o movimento modernista para depois criar algo totalmente brasileiro e novo. Como os povos canibais, ou antropófagos, se alimentavam dos inimigos para adquirirem a sua força, assim Mário produzia a sua literatura. Uma literatura antropofágica, que comia e devorava o que vinha de fora. Que se alimentava do Modernismo e das vanguardas europeias e que, depois de devorá-las, fazia com que os mitos, as histórias, as lendas e os contos do interior do Brasil também deglutissem e digerissem essas culturas que vêm de fora e ganhassem força, muita força, transformando-se e transformando-as em algo totalmente nacional, original e novo. E eu vivia o raro privilégio de buscar junto com ele um amuleto muito mais precioso do que a muiraquitã, pedra mágica da região amazônica. Buscávamos juntos o Brasil.

Macunaíma nasceu em uma tribo amazônica no Norte do Brasil e é o herói de nossa gente, o fundador da cultura da nossa gente, da gente do Brasil. Quando escrevi, incomodei-me muito com o fato de Macunaíma, o nosso herói, não ter nenhum caráter. Fiquei banzando – quero dizer: matutando, pensando, cismando – muito sobre isso. Na primeira oportunidade que tive, perguntei ao senhor dicionário, que estava sobre a mesa usada por Mário em nossa viagem:

– Meu caro dicionário, eu e Mário estamos escrevendo a história de um herói sem nenhum caráter, que é o herói do povo brasileiro. E eu não consigo entender. Como assim, sem nenhum caráter? Quer dizer que Macunaíma, o nosso herói, é um patife, um canalha, um sujeito desprezível e ordinário? Gostaria de saber mais sobre a palavra "caráter" para entender o livro que estamos escrevendo. O que você, nobre dicionário, que é a grande coleção de palavras e significados da nossa língua, tem a me dizer?

– Caríssima Remington, "caráter" significa honestidade sim, como você afirmou. Por isso você tem razão ao pensar que um herói sem nenhum caráter pode ser considerado um herói desprezível. Mas veja bem, caráter também é o mesmo que sinal, como as letras, os números, os símbolos e os sinais de pontuação que você carimba nas folhas, por isso o nome "caracteres". Não ter caráter também pode ser não ter sinais ou marcas. Uma folha em branco, por exemplo, pode ser considerada sem caráter. Para completar, caráter pode ser também cada característica que diferencia os seres entre si ou aquilo que caracteriza determinado grupo de coisas, de pessoas ou de seres. Não se prenda a um único significado. Busque outras leituras de uma mesma palavra para expandir as possibilidades de interpretação e de produção de sentido.

– Puxa! Agora sim começo a expandir meu entendimento, dicionário. Pensando nesses outros significados, se Macunaíma é um herói que não tem nenhuma característica exclusiva e é o herói do Brasil, talvez Mário esteja fazendo isso para representar, por meio desse herói, um povo que é a mistura de outros tantos povos. E o povo brasileiro tem tantas características diferentes que no final das contas as pessoas do nosso povo não têm uma característica definida que seja comum a todas. Não têm um caráter comum. A não ser essa diversidade. Deve ser por isso que Macunaíma toma diversas formas e assume diferentes características ao longo da história que estamos escrevendo.

Agradeci ao dicionário pela explicação e, assim que Mário retornou à mesa, continuamos produzindo. E a cada novo trecho eu compreendia ainda mais a bela falta de caráter do nosso herói.

Outra parte que me intrigava muito na história era a frase sempre repetida por Macunaíma:

– Ai! que preguiça! . . .

Depois que o livro ficou pronto, escutei Mário falar inúmeras vezes sobre isso em suas conferências, cartas, conversas e artigos, mas eu, de verdade, encontrei o meu melhor entendimento dessa frase apenas recentemente, quando recebi no meu museu itinerante um grupo de estudantes adolescentes.

A visita corria bem. Naquele dia ninguém chegou a me confundir com um *notebook* antigo. Quem me reconhecia dizia que eu era uma máquina de escrever antiga, e pronto. Eu já estava acostumada com isso.

Acontece que, a certa altura da visita, quatro adolescentes começaram uma conversa que foi mais ou menos assim:

– Isabel, não sei se você tá sabendo, mas Jaci me contou que seu irmão ficou com Francislayne, mas que ele no fundo tá mesmo é a fim de mim. Claudiele viu quando Jaci contou, não foi, Clau?

Isabel permaneceu quieta olhando as minhas teclas, enquanto uma segunda adolescente confirmava a fala da primeira:

– Foi mesmo. Eu tava lá. Se você não acredita, Jaci tá bem ali pra confirmar. Ela falou mesmo. Paola também tava lá, não é que foi, Paola? Rondiley pode até ter ficado com Francislayne, mas ele gosta mesmo é de Yumi. E eu tô de prova. Desculpa aí, mas só tô falando pra você porque sou muito sua amiga e ele é seu irmão, tendeu?

Isabel continuou em silêncio, enquanto examinava com atenção os meus muitos braços com letrinhas, símbolos, números e sinais de pontuação. Caracteres. Caráteres.

Quando a terceira adolescente intimou Isabel:

– Você não vai falar nada, Bel?

Isabel terminou de me olhar ainda em silêncio, depois girou a cabeça energicamente em direção à parede que sustentava quadros, discos e manuscritos do acervo e disse com desdém, enquanto saía andando com decisão e dizia com indiferença:

– Preguiça eterna!...

Eu vi Macunaíma naquela cena. Vi mesmo. Juro.

A antropofagia devorando nomes estrangeiros e os tornando brasileiros. A falta de um caráter único no meio da grande diversidade de características físicas daquelas meninas. E, principalmente, a preguiça das tretas, das neuras, das pelejas desnecessárias. Preguiça de ter que falar, como expressada por Macunaíma quando, na primeira página do livro, é dito que ele ficou mais de seis anos sem falar. E se alguém o estimulava a falar, ele dizia:

– Ai! que preguiça!...

Ou diante de uma competição ou conflito desnecessário, também dizia:

– Ai! que preguiça!...

Fosse hoje, ele talvez dissesse:

– Preguiça eterna!...

[13]

O GRUPO
DOS CINCO

    Nossa casa vivia apinhada, cheia de artistas e pensadores. Claro que Mário também apreciava ficar sozinho em meio a nós, seus objetos amigos. Numa tarde em que ele tinha saído, a caneta-tinteiro me contou que muitas coisas haviam acontecido antes da minha chegada. E quem iniciou a conversa fui eu:

— Não entendi. Mário anotou algumas coisas num papel, apanhou o seu chapéu e saiu lépido pela porta – atualizando, como se eu não continuasse sendo atual e moderna: com "lépido" eu quis dizer "alegre e radiante".

— Sim, Manuela. Fizemos juntos uma lista de compras. A quantidade de vinhos e de ingredientes para os canapés indica que hoje teremos uma reunião de artistas nesta casa.

— Uma festa! Que ótimo!

— Na época da Semana de 22, as festas, ou reuniões, aconteciam com uma frequência muito maior. E eu estava sempre pronta para anotar qualquer ideia que surgisse. Mário conheceu Di Cavalcanti e Oswald de Andrade cinco anos antes da Semana de Arte Moderna. Contam que os três estavam juntos quando visitaram a exposição de Anita Malfatti. E eu ouvi dizer que eles tiveram um verdadeiro ataque de riso quando viram seus quadros.

— Eles riram dos quadros de Anita?

— E como riram. Muito mais pelo estranhamento do novo do que pela qualidade de seu trabalho. Uma língua malvada chegou a dizer que, se eles tivessem ao alcance o nosso amigo mata-borrão, os três talvez debochassem fingindo tirar a tinta do quadro, como se a obra fosse uma coleção de borrões, e não uma pintura. Eu, por minha vez, não penso que chegaria a tanto. Para mim, foi muito mais um riso daquele tipo que quer botar para fora a sensação de realização do desejo contido de ver uma arte renovada sendo feita aqui no Brasil. Riso quase desespero, sabe?

– Mas... quem não entende pode achar que eles fizeram exatamente o que o público fez com a arte deles na Semana de Arte Moderna.

– Faz sentido, Manuela. Realmente não é fácil abrir-se para o novo, sobretudo para o que é extremamente novo, mesmo para quem está disposto a isso. E aqueles três tinham muita disposição e vontade de ver o Modernismo triunfar no Brasil. Tanto foi assim que eles retornaram à exposição outras vezes e entenderam que a arte de Anita era uma arte nova, moderna, com influências cubistas e expressionistas. E se tornaram grandes amigos dela. Veja, Manuela, aqueles quadros na parede estavam na exposição de Anita. E hoje estão aqui, na sala de Mário.

– Eu já tinha visto aqueles quadros na parede. Codaque me falou os seus títulos numa das nossas conversas. Sempre fiquei intrigada com O *homem amarelo*. Ele parece estar se sentindo tenso e desconfortável, pronto para sair de sua cadeira a qualquer momento.

E aquele outro, O *japonês*. Por mais letras que eu tenha, fico sem palavras para dizer alguma coisa.

— Contam que Monteiro Lobato caiu em cima, detonando a exposição de Anita em suas críticas nos jornais. Então, Mário, Oswald e Menotti del Picchia vieram em defesa dela. Anita foi muito ousada, muito corajosa. Sua exposição foi a primeira mostra de uma artista brasileira modernista feita no Brasil.

— Nossa, quanto orgulho sinto ao saber disso tudo! Quando escrevia cartas para ela, ou datilografava artigos sobre o seu trabalho, não fazia ideia desse seu pioneirismo.

— Outro grande amigo de Mário é o escultor Victor Brecheret. Ele fez aquela *Cabeça de Cristo* com trancinhas que está ali. E esse foi outro babado quente, amiga. A família de Mário ficou chocada ao ver Cristo com trancinhas. Graças a essa reação, surgiu a ideia do livro *Pauliceia Desvairada* de Mário, que se viu diante dos desvarios de uma São Paulo tão tresloucada.

— Mas e Tarsila? Se ela não esteve na Semana de 22, quando foi que ela entrou para o grupo?

— Tarsila do Amaral chegou de Paris logo após o evento. Foi Anita quem a encontrou e a convidou para formarem o "Grupo dos Cinco", composto por Anita

Malfatti, Tarsila do Amaral, Mário de Andrade, Oswald de Andrade e Menotti del Picchia. Foi nessa época que essa casa contou com as suas mais animadas reuniões, com discussões sobre arte, muita música, desenho, pintura e poesia. Isso quando não saíam por aí no Cadillac verde de Oswald. E eu ia junto contemplando a paisagem do bolso do paletó de Mário.

– Deviam ser as reuniões mais badaladas de toda a Pauliceia Desvairada, minha amiga. Uma pena que nessa época eu ainda estava guardada no estoque da fábrica, em Nova York.

– Foram sim, minha querida Manuela. Certamente foram as reuniões mais incríveis da arte modernista no Brasil. Mas, como diz o ditado, tudo que é bom dura pouco. Em 1923, Oswald e Tarsila foram viver juntos em Paris, Anita também se mudou para a Europa. Di Cavalcanti e Victor Brecheret haviam partido. Mário ficou sozinho no Brasil. Daí a sua necessidade de escrever cartas, de saber dos amigos, de lhes pedir para voltar.

– Foi quando eu cheguei à vida de Mário. Era o seu momento mais solitário...

– Sim, você chegou poucos meses depois de ele ter viajado a Minas Gerais para um de seus estudos sobre as cidades históricas. Até mesmo Oswald e Tarsila vieram de Paris para essa viagem, junto a outros artistas e pesquisadores. Foi num desses dias, em Belo Horizonte, que Mário conheceu Carlos Drummond de Andrade. Ao contrário do que alguns pensam, apesar de Mário, Oswald e Carlos Drummond terem "Andrade" no sobrenome, eles não têm nenhum grau de parentesco.

– Carlos Drummond de Andrade. Conheço bem esse nome. Mário troca muitas correspondências com ele. Com Manuel, meu padrinho, também. Leio tanto sobre o Rio de Janeiro nas cartas dos dois que tenho esperança de um dia conhecer aquela cidade maravilhosa. Fomos juntos a Araraquara para escrever *Macunaíma* e também viajamos para outros estados. Mas para mim ainda falta conhecer o Rio de Janeiro...

– Manuela, é melhor pararmos a nossa conversa. Escuto passos. Mário deve estar voltando.

– Verdade. Para você, bico calado ou, mais especificamente, bico de pena calado. E, para mim, teclas paradas.

[14]

TUPY OR NOT TUPY

Não demorou muito, os canapés estavam dispostos à mesa e o vinho servido, enquanto os convivas, quero dizer, convidados, iam chegando aos poucos.

Raul Bopp, Oswald de Andrade e Tarsila do Amaral chegaram cedo e a conversa fluía solta. Depois de transitar por vários temas, o assunto do momento tratava da *Revista de Antropofagia*, que entraria em sua "primeira dentição", ▸

como seria chamada a sua primeira fase pelos modernistas antropófagos. Enquanto conversavam, os outros convidados iam chegando.

– De aniversário. Isso mesmo. No dia 11 de janeiro deste ano presenteei meu querido Oswald com o quadro *Abaporu*, como presente de aniversário – confirmava Tarsila.

– Eu, por sinal, adorei, querida. E para que todos saibam, foi o presente mais antropofágico que já ganhei. Quando Bopp viu a obra, deu logo a ideia de criarmos o Clube Antropófago e a *Revista de Antropofagia*, que com este manifesto terá inaugurado o seu primeiro número.

– "Abaporu" em tupi-guarani quer dizer antropófago, ou seja, gente que se alimenta de gente. Por isso propus lançarmos a *Revista de Antropofagia*. Oswald, logo em seguida, me enviou o seu *Manifesto antropófago*. Li e achei muito mais marcante que o anterior, o *Manifesto Pau-Brasil*. Fiz inclusive algumas observações. Você também leu o novo manifesto, Mário?

– Sim, Raul, Oswald me mostrou e eu também pude contribuir um pouco. Não sei como ficou depois de pronto. Gostaria de conhecê-lo em sua versão final.

Oswald então, percebendo que todos os convidados já haviam chegado, levantou-se, ajeitou em suas mãos o papel com o manifesto, e anunciou a sua leitura:

— Senhoras e senhores, com as importantes contribuições de Mário de Andrade e de Raul Bopp, eu tracejei as linhas do *Manifesto antropófago* que ora será lido, nesta reunião memorável. Considero relevante destacar que estamos em 1928, ano 372 da Deglutição do Bispo Sardinha. Para nós, antropófagos, a contagem do calendário passa a tomar como ano zero a data em que o povo indígena caeté se alimentou das carnes do bispo Pero Fernandes Sardinha. Destaco um leve erro de datilografia que cometi. Teclei o "4" no lugar do "2" e no manifesto consta ano 374, embora estejamos no ano 372 da Deglutição do bispo Sardinha. Ajude-me a lembrar, Raul, de consertar esse equívoco antes de publicarmos.

Pigarreou, depois leu:

— Manifesto antropófago. Só a antropofagia nos une. Socialmente. Economicamente. Filosoficamente. Única lei do mundo. Expressão mascarada de todos os individualismos, de todos os coletivismos. De todas as religiões. De todos os tratados de paz. *Tupy, or not tupy that is the question.*[4]

Nesse momento houve uma pausa na leitura enquanto todos o aplaudiam e ovacionavam pela leitura da frase *"Tupy, or not tupy that is the question"*. Com certeza você deve se lembrar da famosa frase de William Shakespeare, da obra *Hamlet*, "Ser ou não ser, eis a questão", traduzida do inglês *"To be or not to be, that is the question"*. Oswald de Andrade deglutia essa frase inglesa e, na defesa da cultura indígena e brasileira, a transformava de modo antropofágico em algo autenticamente brasileiro ao afirmar *"Tupy, or not tupy that is the question"*.

A leitura continuou até o fim. Assim nasceu a *Revista de Antropofagia*, que teve em sua primeira dentição dez números com escritos de Oswald de Andrade, Manuel Bandeira, Mário de Andrade, Raul Bopp, Carlos Drummond de Andrade, Plínio Salgado, Cassiano Ricardo, entre outros, e com desenhos de Tarsila do Amaral. Raul Bopp ficou na gerência da revista, enquanto Antônio de Alcântara Machado a dirigiu. A segunda dentição se iniciou em março do ano seguinte, mas sobre ela eu não sei falar muita coisa, pois nessa época Mário deixou de contribuir para a revista e rompeu relações com Oswald. Tempos depois, Tarsila e Oswald se separaram.

[15]

NA CIDADE MARAVILHOSA

Eu já falei algumas vezes da minha vontade de conhecer o Rio de Janeiro. Mas ainda que o meu querido padrinho Manuel e a minha querida amiga Mariana falassem tanto do Rio por viverem lá, eu tinha a impressão de que nunca conheceria a Cidade Maravilhosa.

Em 1931, Mário foi convidado para participar do Salão Revolucionário no Rio de Janeiro. Claro que fiquei macambúzia, sorumbática e taciturna. Mesmo ficando assim, dessa vez ele não me levou junto. O evento foi organizado por Lúcio Costa, o mesmo que anos depois projetaria a cidade de Brasília ao lado de Oscar Niemeyer, e reuniu obras de Anita, Tarsila, Brecheret, Guignard, Cícero Dias, Ismael Nery e Candido Portinari. Ainda que o Salão tenha sido realizado nove anos depois da Semana de Arte Moderna, as polêmicas provocadas pelas obras de arte nele apresentadas foram enormes e causaram tanto rebuliço que Lúcio Costa, seu organizador, chegou a ser despedido da Escola Nacional de Belas Artes, onde trabalhava. Foi no Salão que Mário conheceu Candido Portinari. Os dois tornaram-se grandes amigos e trocaram muitas cartas.

De volta à Pauliceia Desvairada, Mário continuou seus trabalhos. E passados alguns anos, depois de um bom tempo dirigindo o Departamento de Cultura da Prefeitura de São Paulo e desenvolvendo muitos projetos importantes para a nossa cultura, ele foi mandado embora, assim... sem mais nem menos... Simplesmente porque alguém muito influente, que pensava diferente do modo dele de pensar, achou um dia que não era legal ele continuar cuidando da cultura da cidade de São Paulo. Coisas estranhas da política do nosso país.

Claro que dessa vez foi Mário quem ficou macambúzio, sorumbático e taciturno. Acontece que, nas minhas correspondências com Mariana, eu já tinha dado um jeito de contar a ela sobre a minha vontade de conhecer o Rio. E quando Mário escreveu para Manuel falando de toda a sua tristeza, Mariana foi movendo as teclinhas e convencendo Manuel a insistir com Mário para que ele se mudasse pra lá. E dessa vez, é claro, eu iria junto.

Foi assim que, em 1938, nos mudamos para a Cidade Maravilhosa, que recebeu esse título depois que André Filho compôs a marchinha de carnaval *Cidade Maravilhosa* e a gravou, em 1934, ao lado de Aurora Miranda, irmã da cantora Carmen Miranda.

No Rio, Mário assumiu a diretoria do Instituto de Artes da Universidade do Distrito Federal e pôde ficar mais perto de seus amigos, Manuel Bandeira, Carlos Drummond de Andrade e Candido Portinari. Eu também fiquei ainda mais amiga de todos eles. E de Mariana, é claro. Apesar de nós duas vivermos cada uma na própria casa, vivíamos agora na mesma cidade e, para o meu desespero, respirávamos não apenas o mesmo ar mas também a mesma maresia. Socorro!!!

Portinari e sua esposa, Maria, viraram a família de Mário, enquanto um dos lápis franceses preferidos de Portinari passou a fazer parte da minha família de objetos amigos. Um dia, eu e o lápis estávamos conversando. Ele descrevia, com seu sotaque francês, algumas coisas que já havia vivido ao lado de seu dono:

— Começamos nossa parceria em Paris, foi lá também que ele e *madame* Maria se conheceram. Somos cada um de um país *différent*. Candido é brasileiro, Maria é uruguaia e eu sou francês. Muito *chic*, não acha? Fizemos muitos *croquis* na *France* e no *Brésil*. Lembro-me de um dia em que ficamos por tanto *temps* apreciando um flautista tocando chorinho num morro do Rio que os meus traços e as minhas linhas ficaram quase *mélodiques*. Em meus riscos de grafite em *dégradé* eu sugeria as futuras cores que o quadro receberia, a camisa *blanc*, a terra *marron*, a calça *beige*. Assim, nós juntos retratamos as paisagens, as cores, as linhas e as dores do povo.

— Sei bem, senhor lápis, do que está dizendo. Às vezes, mesmo sem estar em cada esquina do Rio com Mário, posso perceber, em sua escrita, o que cada uma das pessoas dessa cidade sente, posso ver cada paisagem, sentir cada perfume, cada textura, cada sabor nas palavras do escritor.

— Pois fui eu quem desenhei com ele os *croquis* dos afrescos, painéis e azulejos do Palácio do Ministério da Educação e Cultura, o prédio do MEC. Era tudo tão *grandiose* que pensei que eu fosse me acabar naqueles dias. Pois veja como estou gasto. Aponta daqui, raspa grafite dali e em pouco *temps* eu seria um toquinho pronto pra ir para o lixo. Mas a *gratitude* de Portinari me fez permanecer com ele em seu *atelier* e até mesmo frequentar com ele alguns *vernissages*. Hoje quase não sou mais usado. É como se eu fosse membro permanente do conselho dos lápis do grande *artiste* Candido Portinari. Talvez eu tenha sido escolhido para ser guardado por ele ter iniciado uma nova fase comigo, ou por eu ter feito os *croquis* do prédio do MEC e de tantas outras obras importantes, não sei. Sei que estou aqui. E aqui permanecerei vendo cada nova *peinture* e apreciando as constantes mudanças de seu trabalho *artistique*.

— Imagino como se sente, meu amigo. Já convivi com vários lápis que foram descartados. As canetas costumam ficar por muito tempo na vida das pessoas e nós, máquinas de escrever, também.

Quando tivemos essa conversa, juro que não imaginava que um dia as canetas também se tornariam descartáveis e até mesmo os teclados, *notebooks* e celulares seriam jogados fora com pouco tempo de uso. Confesso que há vantagens em ser uma máquina de escrever nascida em 1922, num tempo em que as coisas modernas eram

feitas para durar e para continuar funcionando mesmo após um século. Mas, ao continuarmos a nossa conversa, percebi que há também desvantagens em durar muito tempo. Depois de uma longa reflexão, o lápis prosseguiu:

– É, *Manuelle*, nisso nós, lápis, nos parecemos com os seres *humains*: morremos de tanto trabalhar. A *différence* é que, se pararmos de escrever, podemos durar séculos guardados e um dia voltar a ser usados. Os seres *humains*, mesmo se pararem de trabalhar, continuarão a envelhecer e um dia irão *mourir*. Eles têm uma espécie de relógio de vida que continua a rodar até parar de funcionar e que não dura tanto como o nosso quando somos bem cuidados ou guardados. Isso me faz *souffrir* de uma saudade antecipada de Portinari.

– É mesmo, lápis. Eu nunca tinha pensado nisso. Acabo de sentir também essa mesma saudade antecipada de Mário. Não será fácil durar tanto tempo depois que ele houver partido...

[16]

FOI ASSIM

Mário fez outras grandes amizades no Rio, eu também. Mas, para ser sincera, por mais que o meu grande sonho fosse conhecer a Cidade Maravilhosa, confesso que tanto eu como ele não nos adaptamos a ela. Chegamos a ficar alguns anos por lá, mas no fundo sempre com vontade de regressar à Pauliceia Desvairada. E foi num misto de saudade e delírio que, em 1941, retornamos juntos a São Paulo.

Estávamos de volta à casa onde tudo começou: a Semana de 22, o Grupo dos Cinco, os nossos escritos, concertos, saraus, manifestos, pesquisas, revistas. De volta à casa onde já havíamos vivido tantos anos juntos. De volta à casa onde ainda viveríamos juntos por quase quatro anos.

Por apenas mais quase quatro anos.

Quatro anos é o tempo que se espera entre uma Copa do Mundo e outra. É o intervalo de tempo entre duas olimpíadas. Quatro anos é o tempo que se leva para cursar o Ensino Fundamental II, do 6º ano ao 9º ano. É o tempo gasto para fazer a maioria dos cursos nas faculdades.

Mas não tivemos quatro anos juntos. Tivemos quase quatro anos. E isso sem sabermos que teríamos apenas mais quase quatro anos para vivermos juntos.

Mário voltou para o Departamento de Cultura, mas, de tanto penar, já não tinha o mesmo pique. Seu olhar, outrora perscrutador, parecia menos vívido. Seu coração sonhador parecia agora cansado das dores do mundo, das injustiças, das políticas, do sofrimento do povo, de mais uma guerra mundial, de gente insultando, ofendendo e matando gente.

E foi ainda durante a Segunda Guerra Mundial que o seu coração parou.

Na última vez em que estivemos juntos, ele apanhou uma folha em branco, fez os ajustes, alinhando-a em mim, depois apertou o espaço até chegar ao centro da página e datilografou um apóstrofo: "'".

Esperei que ele fosse apertar a tecla retrocesso para completar uma exclamação, mas não foi o que ele fez. Mário simplesmente teclou o ponto final: ".", depois falou, com melancolia, um curto trecho do primeiro poema que escrevemos juntos:

— Tal e qual uma lágrima que cai e o ponto final depois da lágrima.

Foi assim que Mário se despediu de mim. E ele entendeu que o escrito no papel era também a minha mensagem de despedida para ele: uma lágrima e um ponto final.

'.

Depois disso, nunca mais o vi passar por mim, escrever, tocar, cantar, andar, criar.

Mas eu prefiro pensar que foi assim:

No dia 25 de fevereiro de 1945 a casa estava em festa. Anita foi a primeira a chegar, seguida por Di Cavalcanti, Tarsila, Menotti del Picchia, Brecheret, Oswald e Bandeira, que trouxe Mariana com ele. Villa-Lobos tocava o piano. Em seguida, Drummond e Ronald de Carvalho declamaram poemas, enquanto Portinari, ao lado de Maria, registrava a cena com seu lápis francês. Tarsila tracejava o momento com a caneta-tinteiro e Anita, ao seu lado, passava o mata-borrão para secar os desenhos recém-esboçados. Logo depois chegaram Lúcio Costa, Graça Aranha, Raul Bopp e Guignard, acompanhados de outros tantos amigos. Eu e Mariana observávamos animadas, quando Mário apanhou a viola caipira e começou a cantar cantigas tradicionais. Não demorou, escutamos uma voz vinda do jardim:

– Ai! que preguiça!...

Era Macunaíma, que chegou dançando, cantando e animando ainda mais aquela festa. Todos foram para a varanda e para o jardim, onde ressoaram cantigas, acalantos, modas, cirandas, danças, toadas, cantorias, siricuticos e folguedos.

A certa altura, Macunaíma enfiou um raminho na terra e na mesma hora foi crescendo um cipó comprido, que espichou até chegar ao campo vasto do céu.

Mário entregou a viola a Villa-Lobos, depois deu as mãos a Macunaíma e os dois puxaram uma cantiga, sendo acompanhados por todos:

– Vamos dar a despedida,
   – Taperá,
– Talequal o passarinho,
   – Taperá,
– Bateu asa foi-se embora,
   – Taperá,
– Deixou a pena no ninho.
   – Taperá...[5]

Depois subiram pelo cipó, Mário e Macunaíma, enquanto todos olhavam pra cima e viam lá no alto Capei (a Lua), Taína-Cã (a estrela Vésper), Ci (a Mãe do Mato, que conhecemos como a estrela Beta do Centauro), Caiuanogue (a estrela da manhã), Pauí-Pódole (o Pai do Mutum, a que chamamos de constelação do Cruzeiro do Sul) e mais os vaga-lumes parentes de Camaiuá que brilham formando o caminho de luz que atravessa o campo vasto do céu (a Via Láctea), e ainda todos os pais-dos-seres que vivem no céu, todos festejando a chegança de Mário.

Quase lá em cima, Macunaíma fez convite ao escritor:

– Vem ser estrela mais eu.

Mário respondeu:

– De pronto, herói. Você é a constelação Ursa Maior, eu serei a constelação Máquina Pneumática.

E o nosso autor, que de tanto penar nesta nossa terra sem saúde e com muita saúva, se aborreceu de tudo, foi-se embora e banza ao lado de Macunaíma, herói de nossa gente, no campo vasto do céu.

POSFÁCIO

Na minha adolescência, a antiga casa do cronista Rubem Braga abrigou a biblioteca pública de Cachoeiro de Itapemirim (ES), cidade onde nasci. Era lá que eu passava as tardes lendo crônicas para o pé de fruta-pão ou escutando as memórias do velho relógio de parede da Casa dos Braga, como ainda hoje é chamado o casarão. ▶

Nessa mesma época, eu saía aos fins de semana para acampar com o grupo de escoteiros da minha cidade. Proseei com tudo quanto era constelação. A Lua, o Sol e as estrelas que me falavam as horas e me informavam onde ficava cada ponto cardeal. Pegamos amizade enquanto ouvíamos juntos os causos do interior.

No tempo em que estudei na Universidade Federal do Rio de Janeiro, fui guia do Jardim Botânico. Lá escutei as vozes das plantas narrando lendas junto comigo. Também fiz o levantamento e a caracterização do acervo das áreas de Cultura Indígena e Arqueologia Brasileira do Museu Nacional da Quinta da Boa Vista. Cada objeto me contou uma história. Foi lá que vi pela primeira vez a preciosa muiraquitã, pedra verde em forma de sapo, feito a que Macunaíma ganhou de Ci, Mãe do Mato.

Depois disso assuntei histórias da literatura, lendas indígenas e contos do nosso povo. Viajei o Brasil e fui a outras terras levar nossas narrativas como contador de histórias. Macunaíma foi comigo. Mário de Andrade foi também. Nessa época, além de estudar Literatura no curso de Letras da Universidade Federal do Espírito Santo (Ufes), comecei a escrever livros. Fiz mais de 20 deles. Alguns de ficção para crianças e jovens, outros técnicos para professores e contadores de histórias.

Também fiz mestrado e doutorado, sempre estudando contos, leitura literária e educação, até me tornar professor da Ufes. Foi nessa época que Mário de Andrade, Macunaíma, Oswald de Andrade, Manuel Bandeira, Carlos Drummond de Andrade e a Semana de Arte Moderna viraram temas das minhas aulas – que é também um jeito de virar constelação. E iluminaram as disciplinas Literatura Brasileira I e Literatura Brasileira II, por mim ministradas.

De tanto pesquisar, ler, aprender e ensinar o assunto, quis saber cada vez mais. Até que um dia topei com Manuela. Pois, como diria Mário de Andrade, tudo o que aqui está escrito, ela contou pro homem. E o homem sou eu, minha gente. E eu fiquei pra vos contar a história. Por isso que vim aqui. E botei a boca no mundo narrando o que neste livro se lê.

"Tem mais não."[6]

REFERÊNCIAS

1. ANDRADE, Mário de. A escrava que não é Isaura: discurso sobre algumas tendências da poesia modernista. In: ANDRADE, Mário de. *Obra imatura*. Rio de Janeiro: Agir, 2009; **2, 3.** ANDRADE, Mário de. Máquina-de-escrever. In: ANDRADE, Mário de. *O losango cáqui: ou afetos militares de mistura com os porquês de eu saber alemão*. São Paulo: Casa Editora Antonio Tisi, 1926; **4.** ANDRADE, Oswald de. Manifesto antropófago. *Revista de Antropofagia*, São Paulo, ano I, n. 1, maio 1928; **5, 6.** ANDRADE, Mário de. *Macunaíma: o herói sem nenhum caráter*. 29. ed. Belo Horizonte: Villa Rica, 1993; MORAES. Marcos Antonio de (org.). *Correspondência Mário de Andrade & Manuel Bandeira*. São Paulo: IEB-USP: Edusp, 2000.

A SEMANA QUE MARCOU O SÉCULO

Máquina de escrever

1. Você sabe como uma máquina de escrever funciona? Ela tem um teclado cujas teclas conectam-se a letras, números e símbolos impressos em alto-relevo. Ao serem usadas, as teclas imprimem esses caracteres no papel através de uma fita com tinta.

Manuela, máquina de escrever de Mário de Andrade.

2. Você sabia que os teclados modernos dos computadores, com o formato QWERTY, seguem o mesmo modelo estabelecido na época das máquinas de escrever? São as seis primeiras letras da primeira fileira do teclado.

3. Você sabia que a empresa norte-americana Remington, que produziu a Manuela, chegou a se instalar no Brasil? Infelizmente, na década de 1990, a máquina de escrever caiu em desuso, sendo substituída pelos computadores.

Curiosidades sobre a Semana de Arte Moderna

DUROU TRÊS DIAS

A Semana de Arte Moderna iniciou em 11 de fevereiro de 1922, no Theatro Municipal de São Paulo, financiada pela elite cafeeira de São Paulo. Era para ser uma semana, mas só durou três dias. No dia 13, o espaço abriu para a pintura e a escultura, no dia 15, para a literatura e, no dia 17, para a música. O evento começou tranquilo e com casa cheia, mas terminou com vaias e quase sem plateia.

NÃO FOI BEM ACEITA NA ÉPOCA

Você sabia que o público não gostou muito? Alguns visitantes até perguntaram se os quadros estavam pendurados corretamente. Monteiro Lobato, antes mesmo de a Semana começar, foi ferrenho opositor dos modernistas e a crítica seguiu seu exemplo, depreciando as exposições. Somente anos depois foi dada a devida importância ao que os modernistas criaram em 1922.

VILLA-LOBOS E O CHINELO

Villa-Lobos participou da semana com uma apresentação musical. Chegou ao evento vestindo um sapato em um pé e um chinelo no outro. O público vaiou. Mas depois descobriram que ele estava com um calo no pé. Por isso o infame chinelo.

OSWALD DE ANDRADE E OS TOMATES

Correram soltos, no meio acadêmico, boatos de que Oswald de Andrade, um dos idealizadores do evento, pagou para que estudantes de Direito do Largo São Francisco atirassem tomates durante a declamação de um poema.

Modernistas – à esquerda: René Thiollier, Manuel Bandeira, Mário de Andrade, Manoel Vilaboin, Francesco Pettinati, Cândido Motta Filho, Paulo Prado, Graça Aranha, Afonso Schmidt, Goffredo da Silva Telles, Couto de Barros, Tácito de Almeida, Luís Aranha, Oswald de Andrade e Rubens Borba de Moraes / à direita: Pagu, Anita Malfatti, Tarsila do Amaral e Oswald de Andrade, entre outros.

Quem foi Mário de Andrade (1893-1945)

Escritor modernista, crítico literário, musicólogo, folclorista e ativista cultural brasileiro. Nasceu em São Paulo em uma família humilde. Começou os estudos em uma escola de comércio, mas se desentendeu com o professor. Em 1917, concluiu seus estudos de piano em um conservatório. Nessa época, com 24 anos, publicou o primeiro livro de poemas. Trabalhou como professor de piano enquanto frequentava rodas artísticas paulistanas, nas quais conheceu Oswald de Andrade e Anita Malfatti.

Em 1922, publicou *Pauliceia desvairada*, livro considerado marco do Modernismo brasileiro. Com Oswald de Andrade, Tarsila do Amaral, Anita Malfatti e Menotti del Picchia, formou o grupo modernista conhecido como o "Grupo dos Cinco". Em 1928, publicou o que seria a sua obra mais conhecida, *Macunaíma: o herói sem nenhum caráter*.

Ao longo de sua vida, desenvolveu extensa obra literária, além de se dedicar a estudos sobre folclore brasileiro, música e artes visuais. Entre 1935 e 1938, esteve à frente do Departamento de Cultura da Prefeitura de São Paulo, fundou a Discoteca Pública e promoveu o I Congresso de Língua Nacional Cantada. Em 1937, fundou a Sociedade de Etnografia e Folclore de São Paulo. Em 1938, mudou-se para o Rio de Janeiro, tornando-se diretor do Instituto de Artes da Universidade do Distrito Federal. Em 1941, voltou a São Paulo e trabalhou no Serviço do Patrimônio Histórico e Artístico Nacional. Em poucos anos, sua saúde tornou-se mais frágil. Com apenas 51 anos de idade, faleceu em São Paulo, vítima de um ataque cardíaco.

Caminhos de Mário...

São Paulo (SP) – **Nasceu** e morou na Rua Aurora, 320.

São Paulo (SP) – **Estudou** no Conservatório Dramático e Musical de São Paulo, na Av. São João, atual Praça das Artes.

São Paulo (SP) – Casa Mário de Andrade, onde morou e, mais tarde, faleceu, na Rua Lopes Chaves, 546 – Barra Funda.

Araraquara (SP) – Escreveu *Macunaíma, o herói sem nenhum caráter* (1928), na Chácara Sapucaia, propriedade da família, recentemente doada à Unesp para criação de uma instituição cultural.

Minas Gerais – Viagem feita em 1919 e, de novo, em 1924, que repercutiu em suas ideias dentro do movimento modernista.

Viagem à Amazônia (1927) – Saiu de São Paulo, passando de barco por Salvador, Maceió, Recife e Fortaleza, para chegar à Amazônia, onde visitou vários locais e cidades. Mário registrou a viagem em *O turista aprendiz*.

Viagem etnográfica (1928-1929) – Viajou pelo Nordeste, visitando cidades nos estados de Bahia, Alagoas, Pernambuco, Paraíba e Rio Grande do Norte. Relatos também registrados em *O turista aprendiz*.

Andrade e Bandeira

Mário e Manuel se viram pela primeira vez em 1921, no Rio de Janeiro, na casa do poeta Ronald de Carvalho. A troca de cartas entre os dois começou em maio de 1922, por iniciativa de Manuel Bandeira. Apesar de terem se encontrado apenas uma vez, a amizade epistolar que cresceu entre ambos foi profunda. Foram 277 cartas, bilhetes e telegramas entre 1922 e 1944.

Mário pediu ao amigo, em carta de 1925, que ele não expusesse a correspondência deles após sua morte, e, de fato, deixou isso registrado em testamento. Foi apenas em 1995, 50 anos depois da morte do poeta, que essas cartas foram disponibilizadas ao público.

Fabiano Moraes

Meu nome é Fabiano Moraes. Fiz doutorado em Educação, mestrado em Linguística e graduação em Pedagogia e Letras. Sou professor da Universidade Federal do Espírito Santo, escritor e contador de histórias. Publiquei mais de 20 livros e recebi vários prêmios.

Quando criança, eu adorava ver minha mãe datilografando crônicas em sua máquina de escrever. Mesmo depois que os primeiros computadores chegaram à nossa casa, ela continuou usando a velha máquina em suas criações literárias. Talvez por isso eu tenha me encantado tanto com Manuela, a máquina de escrever de Mário de Andrade.

Pois este livro nasceu justamente no dia em que eu resolvi imaginar o que uma máquina de escrever moderna de um escritor modernista teria a nos dizer sobre a Semana de Arte Moderna. Quer saber? Vem com a gente!

Luciano
——
Tasso

    Muito prazer, meu nome é Luciano Tasso. Nasci em 1974 e há mais de vinte anos faço ilustrações para livros infantis, juvenis e didáticos. Quando soube que faria os desenhos para o livro de Fabiano Moraes (que li em primeira mão, antes mesmo de ir para a editora), fiquei empolgado com a chance de pesquisar um dos movimentos artísticos mais relevantes para o país: o Modernismo. Enquanto elaborava os rascunhos, pensei que, assim como Mário de Andrade redigia seus textos em uma máquina de escrever – a Manuela –, eu também estava usando uma máquina para ilustrar! Na verdade, uma mesa digitalizadora, capaz de registrar traços e cores na memória do computador – algo muito moderno, não acham? Mas nunca dei um nome a minha traquitana tecnológica. Pensando bem, poderia chamá-la de Tarsila, Villa-Lobos, Brecheret, Portinari, Malfatti ou qualquer um entre tantos artistas que participaram da Semana de Arte Moderna e nos quais me inspirei para fazer os desenhos deste livro.

Este livro foi composto com as famílias tipográficas
Barlow e BonaNova para a Editora do Brasil em 2021.